Helmut Krausser

EINSAMKEIT UND SEX UND MITLEID

Helmut Krausser

EINSAMKEIT UND SEX UND MITLEID

Roman

DUMONT

Zweite Auflage 2009

Umschlag: Zero, München
Gesetzt aus der Haarlemmer und der Akzidenz Grotesk
Gedruckt auf säurefreiem und chlorfrei gebleichtem Papier
Satz: Fagott, Ffm
Druck und Verarbeitung: CPI – Clausen & Bosse, Leck
Printed in Germany

ISBN 978-3-8321-8092-8

ERSTER TEIL

DREI WEIHNACHTS-GESCHICHTEN

1

Die Spelunke am Viktoriapark machte um neunzehn Uhr dicht. Vincent fragte die Kellnerin, ob sie Familie habe, auf die sie sich freue. Die Kellnerin verneinte, aber man komme in ihrem Beruf selten genug zu einem ungestörten Fernsehabend.

Es hätte Lokale gegeben, wenigstens ein paar türkische Kneipen, denen Weihnachten vollkommen egal war. Vincent spürte aber wenig Lust, sich zu betrinken. Später am Abend konnten sich noch Kundinnen melden, das war an Weihnachten gar nichts Ungewöhnliches, meist zeigten die sich dann über die Maßen spendabel.

Die Aussicht, auf irgendeiner Sammelstelle für melancholische Einzelgänger hinzudämmern, seine Einsamkeit zur Schau zu stellen, widerte Vincent an, und er überquerte die Straße, mit hochgeschlagenem Mantelkragen. Schneeregen fiel; im Standlicht eines Autos wirkten die Flocken wie Schwärme winziger Vögel, leuchteten auf, bevor sie am Boden zerschmolzen. Das Treppenhaus roch muffig. Vincent nahm drei Stufen auf einmal.

Die Tür zu seiner Wohnung war nicht abgesperrt, er litt unter der Phobie, seine Schlüssel zu verlieren, wenn er nachts durchs Viertel zog. Das Risiko eines Einbruchs schien ihm deswegen nicht höher, im Gegenteil. Offene Türen und in der Diele brennendes Licht, glaubte er, würden Diebe verunsichern. Vincent hängte den feuchten Mantel über die Heizung, zog sich komplett aus und ließ heißes Wasser in die Wanne. Aus dem Radio dudelte Musik in den Flur. *It was a very good year*. Vincent runzelte die Stirn, ging ins Schlafzimmer und stellte die Anlage ab, obwohl er Sinatra-Schnulzen mochte. Er tunkte einen Finger in die halb vollgelaufene Wanne. Das Wasser war noch zu heiß. Zeit für eine Zigarette, am Küchentisch, mit Blick hinaus auf den Schnee, darin, im grauen Gewusel, die Spiegelung seines muskulösen, gut trainierten Oberkörpers. So gut war das Jahr nicht gewesen, nein.

Vincent suchte Zigaretten, fand nirgends welche, nicht einmal in den Innentaschen seiner beiden Sakkos, wo er sonst fast immer fündig geworden war, und er wurde wütend bei dem Gedanken, sich erneut anziehen und welche am Automaten holen zu müssen. Warum ist es nur so schwer, fragte er sich, mal ein paar Stangen auf Vorrat zu kaufen? Und warum eigentlich spielt der Klassiksender an Weihnachten einen Sinatra-Song?

Er fühlte sich plötzlich, von einer Sekunde auf die andere, unwohl in seiner Nacktheit, ohne Gründe dafür nennen zu können. Die Heizung lief auf höchster Stufe, die Rolläden waren sämtlich herabgelassen, jetzt auch der in der Küche. Er ging ins Bad, prüfte erneut die Temperatur des Wassers. Irgend etwas hielt ihn davon ab, in die Wanne zu steigen. Ihm war, als würde sich, im unteren linken Eck seines Sichtfelds, etwas gerührt haben, eine ganz winzige Bewegung, wie der Hauch eines Schattens, der über eine nur etwas weniger dunkle Fläche hinweghuscht. Vincent drehte sich um, trat auf den halbdunklen Flur, sah nach links, zur Wohnungstür, sah nach rechts – und etwas prallte mit ihm zusammen, wollte an ihm vorbei, stieß ihn mit zwei Fäusten zu Boden. Aus einem Reflex heraus griff er zu, bekam Haare zu fassen, spürte, wie das Mädchen zutrat und um sich schlug. Er krallte sich an ihr fest, brachte sie zum Stolpern, keine Sekunde später lag er auf ihr.

Sie war nicht allzu kräftig. Ein Mädchen um die neunzehn, zwanzig, vielleicht jünger, in Jeans und Baseballjacke.

Er hielt ihre Handgelenke fest, sie wandte das Gesicht von ihm ab, sagte nichts, schrie nicht, selbst das Zerren und Treten gab sie auf und lag bald wie ohnmächtig unter ihm. Strähniges, vermutlich dunkelblondes Haar. Allzuviel war in dem Licht, das aus Küche und Bad in den Flur drang, nicht zu erkennen. Vincent hätte sie gern losgelassen, aber jetzt erst, viel zu spät, bekam er Angst. Was, wenn sie bewaffnet war? Fixerin vielleicht, auf Turkey, vom Entzug jeder Hemmung beraubt – oder eins der Biester von den Straßengangs, die im Hinterhof mit Schmetterlingsmessern herumspielten – nun zitterte ihr Kopf, das Zittern lief durch ihren schlanken Hals und setzte sich in den Schultern fort. Leises Schluchzen war zu hören.

Trotz der Umstände kam sich Vincent brutal vor, so nackt und schwer auf ihr zu liegen. Und was, wenn sie – man mußte an vieles denken – besonders durchtrieben war und begann, um Hilfe zu schreien, sie werde vergewaltigt?

Die Situation gefiel ihm weniger und weniger, er überlegte, die Einbrecherin laufen zu lassen, sie einfach loszulassen und hinter ihr die Tür zu verrammeln. Aber – und das wog als Einwand schwer – sie konnte im Schlafzimmerschrank die Geldbörse gefunden haben! Schwer verdientes Geld, auf das Vincent nicht verzichten mochte. So vergingen drei, fast vier Minuten, ohne Entschluß, ohne Worte. Das Mädchen heulte. Er lockerte seinen Griff, aber nur leicht, gerade so viel, um die Kontrolle zu behalten, ohne ihr weh tun zu müssen.

»Wer bist du?« fragte er – zugleich kam ihm die Frage albern vor, unsinnig. Was sollte sie darauf sagen? Irgendeinen Namen?

»Hast du was mitgehen lassen? Gibs her, dann kannst du abhaun!«

Endlich sah ihn das Mädchen an. Nein, sie war eine junge Frau, kein Mädchen mehr. Ihr Gesicht, soviel konnte man auch bei schwacher Beleuchtung erkennen, strotzte vor Dreck. Es mußte Wochen her sein, seit sie sich zum letzten Mal die Haare gewaschen hatte. Viel Schwarz lag unter jenen ihrer Fingernägel, die nicht völlig abgekaut waren. Auch roch sie nach altem Schweiß und feuchtem Leder.

Unwillkürlich, angeekelt, ließ er sie los. Ohne sich darüber klar zu sein, was seine Einschätzung der Situation verändert haben konnte, fühlte er, daß keine echte, ernstzunehmende Gefahr von ihr ausging.

»Ich hab nix geklaut! Nur'n paar Zigaretten…«

Vincent rückte von ihr ab, setzte sich zwischen sie und die Wohnungstür, im Schneidersitz, die Hände auf den Boden gestemmt, bereit, notfalls aufzuspringen und sie abzufangen. Das Mädchen, jetzt wirkte sie doch wieder wie ein Mädchen, weinte nicht mehr, blickte ihn unschlüssig an, in einer Mischung aus Lethargie und Angst. Dann stierte sie auf seinen Penis, der halbsteif pendelte, was ihm peinlich war. Er legte eine Hand auf die sich anbahnende, ebenso unwillkommene wie schwer zu erklärende Erektion und deutete mit der anderen nach rechts, in Richtung des schaumgekrönten Wassers.

»Du könntest echt mal ein Bad brauchen.«

»Hä?«

Es klang nach einem schläfrig-verständnislosen Hä, das sich auf den Arm genommen glaubte.

Vincent hingegen spürte das angenehme, fast euphorische Gefühl, einer verworrenen Sachlage langsam Herr zu werden, mit jedem Wort, das genug Atem fand, um sich vom Gedanken in eine Äußerung zu verwandeln.

»Ich mach dir nen Vorschlag: Du gehst da hinein, nimmst ein Bad, du darfst auch absperren. Derweil durchsuch ich deine Sachen. Danach kannst du dich anziehn und gehn.«

»Ich hab nix geklaut…«, wiederholte das Mädchen müde, senkte dabei den Kopf, als sähe sie, wenn auch widerstrebend, ein, daß ihren Worten schwer zu trauen sei.

»Das werd ich dann feststellen.«

»Wenn ich ins Bad geh – holst du die Bullen?«

»Nein. Versprochen.«

Sie zögerte, fuhr sich mit den Fingern kreuz und quer durchs Gesicht, als müsse sie sich erst allerhand Zweifel und schlechte Erfahrungen aus der Haut reiben. Vincents Augen hatten sich inzwischen an die Düsternis gewöhnt, und was er sah, begann ihm zu gefallen.

»Guck weg!« Sie stand auf und zog sich aus, warf schnell ihre Sachen von sich – sie trug drei Paar dicke Socken übereinander –, bis sie in Slip und BH vor ihm stand, die Arme vor der Brust gekreuzt. Ihr Körper – Einstichstellen waren auf den ersten Blick nirgends zu entdecken – sah abgemagert, doch nicht grundkrank aus. Ihre Haut besaß sogar gewissen Reiz, hatte sich unter dem Dreck etwas jugendlich Gesundes bewahrt, ein wenig Glanz auf Schultern und Oberschenkeln, und soviel Restbräune vom letzten Sommer, daß man sie für eine Halbmulattin hätte halten können.

»Okay so?« Sie stellte die Frage fast beiläufig, als würde sie mit einem Arzt reden.

Vincent nickte. Das Mädchen gehorchte und ging ins Bad. Er hörte, wie sich der Schlüssel im Schloß drehte. Sollte er nun wirklich diese schmierigen, schmutzstarrenden Klamotten durchsuchen? Er fand es plötzlich penibel und nicht korrekt – obwohl, sie hatte schließlich bei ihm eingebrochen! Er überlegte hin und her, ließ die Kleider unberührt liegen, lief ins Schlafzimmer, die Geldbörse war noch da und auch voll, na also – und wenn das Mädchen sonst etwas hatte mitgehen lassen – was konnte das wert sein? Nur auf die Zigaretten – wenigstens auf die Hälfte der Zigaretten – würde er bestehen.

Hastig zog Vincent eine Turnhose an, holte aus der Küche einen Aschenbecher und setzte sich, gegenüber der Badtür, an die Wand. Lange saß er so da. Rauchte.

»Hast du Hunger?«

Keine Antwort. Er wiederholte die Frage, lauter, glaubte, ein schwaches Nein zu hören.

»Bestimmt nicht?«

»Hab deinen Kühlschrank geplündert!«

Vincent mußte schmunzeln. Was konnte sein unterversorgter Kühlschrank einem Besucher zu bieten gehabt haben?

»Trinkst'n Glas Sekt mit?«

Es dauerte eine halbe Minute, bis sie Antwort gab.

»Ja.«

Diese schlichte, auf jedes Ornament verzichtende Antwort gefiel ihm sehr. Machte ihn beinahe glücklich. Er hätte nicht sagen können, warum.

Vincent stand auf, ging zum Radio, holte den Schnulzensender zurück, es lief ausgerechnet *Strangers in the Night*, und er legte zwei Flaschen Aldi-Nord-Champagner, die sonst für verklemmte Kundinnen bestimmt waren, ins Gefrierfach. Danach setzte er sich vor die Badezimmertür und wartete auf den Moment, da die junge Frau, das Mädchen, wie auch immer, herauskommen würde. Es würde, glaubte er, ein Moment von Aura und Bedeutung sein.

2

Ekki saß im Nachtmar und wollte nicht nach Hause. Er hatte keine lebenden Verwandten auf dieser Welt, und obgleich er sich wie in jedem Jahr bemühte, Weihnachten so gut es ging zu ignorieren, gelang es ihm immer weniger. Er hatte nie geheiratet noch wissentlich ein Kind gezeugt, seine einzige Schwester war vor Monaten an Hautkrebs gestorben, mit dreiundfünfzig. Er selbst war drei Jahre jünger und wenigstens bei guter Gesundheit. Er rief sich das immer wieder in Erinnerung. Wenigstens bei guter Gesundheit. Ekki, der frühpensionierte Lateinlehrer, wäre gerne in einen drei Tage dauernden Tiefschlaf gefallen, bis Weihnachten endlich vorbei war. Die Einsamkeit wühlte in seinem Körper, sie manifestierte sich als beinahe physischer Schmerz, als würden winzige Fische mit messerscharfen Zähnen an seinen Muskeln nagen und aus seinem Blut die rote Farbe trinken. So in etwa fühlte es sich an, aber er war bei fast bester Gesundheit, zweifelsohne.

Er hätte vielleicht, dachte er sich, wie tausendmal am Tag, gegen die Zwangspensionierung aufbegehren sollen. Andererseits waren ihm die Schüler ohnehin alle auf die Nerven gegangen, und letztlich mußte er sich froh schätzen, relativ glimpflich aus jener Sache oder Situation oder Scheiße – wie immer man es nennen wollte – herausgekommen zu sein. Er konnte die Sache/Situation/Scheiße noch nicht einmal jemandem erzählen, das war das Schlimmste, denn niemand kannte ihn so gut, um ganz sicher zu sein, daß Ekki die Wahrheit sagte, daß er unschuldig war, daß er keiner Kreatur auf Erden je ein Leid zugefügt hatte, wenigstens nicht bewußt. Aus der Jukebox heraus sang Bob Marley: *I shot the sheriff, but I didn't shoot no deputy*. Ekkehard Nölten hatte weder Sheriffs noch Deputys erschossen. Nix und niemanden. Aber im Leben, dachte er sich, gibt es, anders als im alten Rom, keinen Mund der Wahrheit, der Lügnern die Hand abreißt.

Eine fiese kleine Göre von kaum dreizehn Jahren, die von ihm eine Fünf verpaßt bekommen hatte, hatte gewisse Gerüchte über ihn gestreut, aus Rache, weil sie jener völlig gerechtfertigten, eigentlich sogar noch zu milden Fünf wegen eine Ehrenrunde drehen sollte.

Widerliche, ganz widerliche Angelegenheit. Keine Beweise, nicht einmal Anhaltspunkte für irgendeine Verfehlung gab es. Aber das Gör war sich bewußt gewesen, noch nicht strafmündig zu sein. Sie konnte in aller Seelenruhe, ohne Angst vor irgendeiner Konsequenz, alles behaupten, und Ekki, als Lehrer untadelig, litt – das hatte damit an sich ja überhaupt nichts zu tun – unter einem geringen, wirklich ganz geringen Alkoholproblem. Die Kollegen aus der Lehrerschaft, diese Arschlöcher, waren sämtlich von ihm abgerückt – jener brutale, unglaubliche Akt kollektiver Illoyalität traf ihn schwer. Bis dahin hatte er zumindest vermutet, Freunde zu haben, wenngleich er konkret keine Namen hätte nennen können. Eine absurde Komödie folgte. Der Schuldirektor kehrte, in einem diplomatischen Husarenstück, die Sache unter den Teppich, wurde mit den Eltern einig, das Gör bekam statt der Fünf eine Gnadenvier ins Zeugnis, lachte sich in die Faust, während Ekki mit mehr oder minder verblümten Worten gebeten wurde, sich lieber mal vom Acker zu machen. Die Schatten des Vorgefallenen würden eine pädagogische Tätigkeit zu sehr belasten. Ach, Scheiße.

Aus Wut, einzig aus Wut über diese Niedertracht, über all die Ekelhaftigkeit der Welt, hatte er sich gefügt. Fast ohne Widerstand zu leisten. Die einzige gangbare Alternative wäre eine Strafversetzung gewesen. Dergleichen hätte er nur als noch größere Niederlage empfunden. Ein wenig hatte er sich aufs Rentnerdasein sogar gefreut. Zwei Jahre war das nun her. Seitdem hatte er oft darüber nachgedacht, sich an dieser miesen kleinen Lügnerin zu rächen, und an ihren beschissenen Eltern, am besten an der ganzen gottverfluchten Familie, aber ihm war kein Weg eingefallen, auf dem er am Ende sich selbst nicht am meisten geschadet hätte.

Eben verließ der vorletzte Gast, ein junger, abstoßend gutaussehender Mann das Lokal, und Ekki saß nun allein am Tresen.

Er bat die Kellnerin – eine Schwarze, fast in seinem Alter, vielleicht ein paar Jahre jünger, das ließ sich bei dunkelhäutigen dikken Menschen so schwer sagen – um ein letztes Bier. Sie meinte, kopfschüttelnd, das sei jetzt aber wirklich das allerletzte, und er müsse es schnell trinken, es würde ihn hoffentlich nicht stören, wenn sie derweil die Stühle auf die Tische hebe, irgendwann wolle auch sie in den Feierabend.

»Hast du Familie?« Ekki maßte sich aus einer Laune heraus das Du an, aber das taten hier so viele andere auch. Die Kellnerin schien sich daran nicht zu stören. Dasselbe sei sie seltsamerweise eben bereits gefragt worden. Diesmal antwortete sie etwas ausführlicher.

»Hier nicht. Drüben in den Staaten. Zwei Brüder, ein paar Cousins, etliche Neffen und Nichten.«

»Wie lange warst du schon nicht mehr dort? In den Staaten?«

»Ewig.«

»Wie heißt du?«

»Minnie.«

»Und richtig?«

»Minnie. »

»Das ist keine Abkürzung für was?«

»Nee. Reicht dir das nicht?«

Minnie stellte Ekki das Bier hin, eine Flasche, denn der Zapfhahn war schon abgesperrt.

»Danke.«

»Und du? Du hast keine Familie?«

»Nein. Doch. Ne Schwester. Liegt nebenan auf dem Matthäikirchhof. Sie ging gern braungebrannt durchs Leben. Ist ihr zum Verhängnis geworden. Hautkrebs.«

»Scheiße.«

»Geh bloß nie ins Solarium!«

Minnie schwieg und verzog nur den Mund, wie über einen mißlungenen Scherz, obwohl der Scherz so schlimm nicht war, eher banal harmlos, jedenfalls nicht rassistisch gemeint, nein. Sie wuchtete einen Stuhl nach dem anderen auf die Tische und wischte den Boden, nur dort, wo es nötig war.

»Ich heiße Ekkehard.«

»Und richtig?«

»Ekki. So hat mich immer nur meine Schwester genannt. Und meine Skatbrüder. Du kannst mich auch so nennen.«

»Dann mach ich das.«

»Wie sieht dein Abendprogramm denn aus? Brätste nen Truthahn?«

»Truthahn? Wie kommste denn darauf?«

»Ach, nein, das ist das Erntedankfest, wenns bei euch Truthahn gibt. Verzeihung! Die Neue Welt ist meine ja nicht.«

Minnie fand den leicht korpulenten, altmodisch gekleideten, aber stets sauber rasierten Mann ganz nett. Sie glaubte, denn sie hatte ihn oft beobachtet, daß er sich seine Ausgaben gut überlegen mußte, dennoch gab er immer Trinkgeld, sagte auch jedesmal Dankeschön, wenn man ihm ein Getränk brachte.

»Bei mir gibts heute Schwarzwälder Kirschtorte. Eiskalt, mit heißem Tee. Danach vielleicht ein paar Royal-Cauldron-Chips.«

»Was sind denn Royal-Cauldron-Chips?«

»Die sind gut. Sind'n bißchen teurer. Für Feiertage.«

»Aha.«

Eine Pause entstand. Minnie hielt inne und sah zu, wie ihr letzter Gast den halben Inhalt der Bierflasche in sich hineinstürzte, so als wolle er sich aus Rücksicht schnell verabschieden, um niemandem zur Last zu fallen.

»Was machst du denn so?«

»Ich war Lateinlehrer.«

»Jetzt nicht mehr?«

»Nein.«

»Du könntest doch Nachhilfestunden geben.«

Ekki fand den Vorschlag irgendwie eigenartig. Daran hatte er nie gedacht. Er schüttelte den Kopf, langsam, mit Aplomb, als müsse er seine Entscheidung bekräftigen.

»Nein. Weißt du, Minnie, die Schüler mochten mich nicht. Die Schüler konnten Latein nicht leiden und ließen es immer an mir aus. Davon hab ich die Nase voll. Latein ist ein so wunderbares Fach. Man kann soviel lernen, und immer kam ich mir vor wie... wie ein Eisschrankvertreter in Grönland. Verstehst du?«

Minnie stützte sich auf einem der Tische ab, lehnte den Wischmob an die Wand und sah Ekki in die Augen. »Nein. Weißt du, in Grönland braucht man Eisschränke ganz dringend. Da sind es manchmal schon im März fünfzehn Grad plus, wenn es dann keinen Eisschrank gibt, verderben die Vorräte alle. Und es gibt nicht an jedem Eck nen Supermarkt, wo man mal schnell was nachkaufen kann. Das war ein schlechter Vergleich!«

Ekki machte ein erstauntes Gesicht und mußte lächeln. Er trank sein Bier aus und legte einen Fünfer auf den Tisch.

»Stimmt so!«

»Nein, Ekki, drei Bier, das macht sieben zwanzig.«

»Oh! Tut mir leid.« Er legte noch ein paar Münzen nach.

»Ist schon okay. Was lernt man denn im Lateinunterricht so Wunderbares?«

»Ach ja... Willst du das wirklich wissen?«

»Solang ich hier den Boden wische, kannst du mir gern noch was erzählen. Wenn du Lust hast.«

Ekki winkte erst ab, dann kam ihm die Geste des Abwinkens arrogant vor. »Naja, das Römische Reich, weißt du, da kann man furchtbar viel von lernen, die hatten erst Könige, dann eine Republik, dann Diktatoren, dann Kaiser, dynastische Kaiser und Soldatenkaiser... Und Marionettenkaiser... Ist ein Sinnbild für Macht und Verfall. Wie alles anfängt, in Kraft und Größe, dann endet, in Hybris und... äh, naja.«

»Aha.«

»Die hatten alles. Man hat das Gefühl, alles, was es gibt, gabs schon mal, im Römischen Reich. Und diese Sprache! Aber ich geh jetzt besser...«

»Wie du meinst, Ekki. Wenn du glaubst, ich bin zu blöd, daß du mir was Lateinisches erzählst...«

»Wie bitte?« Ekki sah leicht verstört drein. »Nein, das wollte ich nicht zum Ausdruck bringen, ich dachte, ich texte dich hier zu, und du willst deinen heiligen Feierabend und Torte...«

»Ich hab nie Latein gehabt. Kannst du dir ja wohl denken.«

»Ja?« Ekki wußte nicht recht, wie er diese Auskunft einordnen sollte.

»Dann erzähl mir halt was!« Minnies Tonfall wirkte auffordernd genug, daß er ihren Wunsch ernstzunehmen beschloß.

Ekki überlegte. Endlich erzählte er um des Datums willen eine anfangs noch betuliche Weihnachtsgeschichte. Wie der Kaiser Tiberius alles Volk im Riesenreich habe schätzen lassen, nach der langen Pax Augusta, ein Begriff, den er erklären mußte, so kamen sie ins Reden, meist redete Ekki, und Minnie stellte ab und an Zwischenfragen.

Kaiser Tiberius sei ein fieser Despot gewesen, der erfolglose Astrologen von einer Brücke stürzen ließ und sich im Swimmingpool mit Knaben amüsierte, die er seine Elritzen nannte, ob sie wisse, wieso?

Diese Drecksau, kommentierte Minnie, als Ekki ihr gesagt hatte, wieso. Und Ekki durfte für lau noch zwei Bier trinken, während der Laden schon abgesperrt war. Beinahe hätte Minnie ihm angeboten, mit zu ihr nach Hause zu kommen, aber sie hätte danach nichts weiter anzubieten gehabt, außer dem, von dem sie aus nicht nachvollziehbaren Gründen annahm, daß er darauf keinen Wert legen würde, Tee und Schwarzwälder Kirschtorte. Das, worauf er, wie sie dachte, eher Wert legen würde, war sie zu geben nicht bereit.

Als sie sich trennten, auf der Monumentenstraße, als wäßriger Schnee in ihre Krägen drang und einen schnellen Abschied anmahnte, fanden beide, daß der Abend bis dahin überraschend kurzweilig verlaufen war. Und Minnie sagte, sie wolle unbedingt bald noch mehr von jenem Caligula hören, der es mit seiner Schwester und nem Pferd getrieben habe und abends an der lukullischen Tafel Leute rein aus sportlicher Neugier (wer schafft wieviele in welch kurzer Zeit) köpfen ließ. Das sei zwar ziemlich krass, eigentlich zu heftig für ihr Gemüt, interessiere sie aber durchaus. Sie stamme aus Louisiana, da kenne man solche Geschichten nicht.

Das mache nichts, meinte Ekki und sagte etwas über Louisiana und Napoleon, woraufhin Minnie nickte und grinste, ja beinahe lachte, unter dem vage geahnten Zwang, etwas Witzartiges verstanden haben zu müssen.

Nicht alles, doch immerhin etwas war gut in jenem Moment.

3

Julia und Uwe König hatten sich während ihrer nun bald sechs Jahre dauernden Ehe für den Weihnachtsabend eine Art Zeremonie erarbeitet, mit deren Hilfe sie jene Stunden, die sie übereinstimmend als zu still und dunkel und leblos empfanden, schneller herumzubringen glaubten. Beide kochten so gut wie nie, und wenn doch, dann ganz einfache Gerichte, viel lieber gingen sie ins Restaurant oder ließen sich etwas ins Haus liefern. Julia König, fast vierzig, stand als Managerin einer bekannten Unternehmensberatung kurz davor, zur Teilhaberin aufzusteigen. Uwe, ihr zehn Jahre jüngerer Gatte, hatte es bislang nur zum Marktleiter bei Karstadt gebracht, doch zusammen verfügte das kinderlose Paar über ein Bruttoeinkommen von gut neuntausend Euro im Monat. Die Königs lebten in einem Charlottenburger Wohlstand, den sie selbst als bescheiden eingestuft hätten. Regelmäßig am ersten Weihnachtsfeiertag fuhren sie auf eine Wellnessfarm an der Ostsee, gönnten sich Sauna, Dampfbad und Fangopackungen, Maniküre, Pediküre, Massagen und kleinere kosmetische Hautbehandlungen. Am Abend zuvor jedoch bereiteten sie, das einzige Mal im ganzen Jahr, gemeinsam ihr Abendessen zu. Sushi. Sie kochten den Reis, breiteten die Algenmatten aus, strichen den abgekühlten Reis auf, zerteilten den rohen Fisch und das blanchierte Gemüse in mundgerechte Stücke und rollten aus alledem halbmeterlange Zylinder, die sie dann mit sündteuren und angsterregend scharfen japanischen Messern exakt portionierten. Dies nahm Zeit in Anspruch, sollte das Ergebnis optisch befriedigend ausfallen. Eine Arbeit, die immer Spaß gemacht und deren Ertrag meist auch geschmeckt hatte. An diesem Abend war irgend etwas anders. Uwe bemerkte es zuerst, ohne gleich sagen zu können, woran es genau lag. Julia stand mit einem jener angsterregend scharfen japanischen Messer vor dem Küchentisch, und statt Fisch und sonstiges Meeresgetier mit gezielten Schnitten in eine ästhetische Form zu bringen, stierte sie ins Leere und naschte eines jener Gurkenstückchen, die zuvor Uwe in eine ästhetische Form gebracht hatte.

»Denkst du über was nach?«

»Ja.«

»Was denn?«

»Wir müssen uns trennen.«

»Was?«

»Trennen. Wir. Uns.«

Julia sagte diese Worte ohne sichtliche Erregung. Uwe glaubte an einen Scherz, oder an einen jener regelmäßig einmal pro Monat stattfindenden hysterischen Schübe, aber es war grade nicht soweit, und Julia wirkte alles andere als hysterisch.

»Warum sagst du so etwas?«

Julia gönnte ihm einen kurzen Blick, sah dann zur Decke und zuckte mit den Schultern. »Ich habe mich eben gefragt, wie ich mich besser fühlen könnte, als ich mich fühle. Und das Ergebnis war, daß ich mich besser fühlen würde, wenn du nicht hier wärst.«

»Es ist Heiligabend, Schatz, da sollte man so etwas nicht sagen.« Uwe tat beleidigt, er hoffte insgeheim, die Angelegenheit würde sich bald von selbst erledigen, wenn er einfach schwieg und weiter Reis auf Algenmatten strich.

»Du tätest mir einen Gefallen, wenn du jetzt gehen würdest.«

»Wie bitte?«

»Wenn du gehen würdest. Nimm dir ein Hotelzimmer, geh von mir aus in den Puff, es gibt in Berlin bestimmt Puffs, die an Heiligabend aufhaben, nicht? Mach dir eine schöne Zeit.«

»Was wirfst du mir denn vor?«

»Ich werfe dir doch gar nichts vor. Wir können künftig zueinander ganz nett sein. Wenn du jetzt gehst.«

»Und wenn ich das nicht tue?« Uwe König sah seine Frau an und begriff mit jeder Sekunde etwas deutlicher, daß Julia es ernst meinte. Warum sie sich, wollte er wissen, ausgerechnet diesen Abend ausgesucht habe, um so ein Theater mit ihm anzustellen.

»Welcher Abend wäre denn besser geeignet?« Julia stand da, mit einem sonderbar eingefrorenen Lächeln, starrte auf den toten Fisch, hielt das Messer in der Hand, und vielleicht war es wirklich jener zigfach gefaltete Stahl gewesen, der sie auf den Gedanken gebracht hatte, ein Schnitt sei zu machen. Und der tote Fisch – Julia hätte selbst nicht sagen können, was da zusammengekommen war, aber sie hatte, endlich, was ihr schon seit Wochen auf der Seele lag, über die Zunge gebracht, sie fühlte sich wohl und leicht, ihre Haut schien zu prickeln, etwas war neu und anders. Besser. Sie hätte ihren Seelenzustand vage mit einer sonderbaren Ergriffenheit umschreiben können, wie sie Menschen manchmal in der Kirche oder in der Oper empfinden.

Uwe nahm Mantel und Schal und ging mit weiten, aufstampfenden Schritten zur Tür, ohne jeden weiteren Kommentar, wie um seine Frau für ihre grobe Unhöflichkeit zu bestrafen. Als er auf der Straße stand, immer noch etwas benommen, dachte er lange und ernsthaft darüber nach, Julias Rat zu befolgen und sich vom nächsten Taxifahrer zu einer einschlägigen Adresse kutschieren zu lassen. Stattdessen spazierte er ziellos durch Nacht und Schneeregen, mietete in einem Hotel am Kudamm ein Zimmer, trank die Minibar leer und stierte stundenlang auf sein Handy, in der Hoffnung, eine SMS würde die Situation entscheidend verändern. Gegen fünf Uhr morgens schlief er schwer betrunken ein.

MAI

1

DONNERSTAG GEGEN MITTAG

Auf etwas längeren Zugfahrten wie der von Berlin nach Bielefeld, wenn er vorher viel zu Fuß unterwegs gewesen war, zog Dr. Stern gern seine Schuhe aus, da er bevorzugt Turnschuhe trug und zu Schweißfüßen neigte. Es war nicht schlimm, er mußte sich nicht vor peinlichen Situationen fürchten, dennoch nutzte er die Zeit im Zug, um seine Socken ein wenig zu lüften. Nebenher döste er weg, nie für lange. Nach dem Erwachen stellte er mit einem Blick auf die Armbanduhr fest, daß er sein Ziel binnen gut zwanzig Minuten erreicht haben würde – und daß seine Sneakers weg waren.

Er sah sich um, bückte sich, senkte den Kopf hinab, sah in die Winkel – nein, seine Schuhe blieben unauffindbar. Das Großraumabteil war beinahe leer, bis auf drei ältere Damen an einem Vierertisch, einen jungen Bundeswehrsoldaten in Camouflage und eine in Zeitschriften blätternde Frau, knapp dreißig. Zu ihr mochte der beständig auf und ab laufende Junge gehören, ein blondes, etwa fünf Jahre altes Beispiel für hyperaktiven Furor, oder das, was man einst mit Zappeligkeit umschrieben hätte.

Als der Kleine das nächste Mal schreiend und unter größtmöglichem Getrampel den Waggon heruntergerannt kam, hielt Stern ihn auf, mit der flachen Hand gegen die Brust.

»Häää?« Der Wicht wirkte sehr erstaunt und tat sofort beleidigt.

»Rück die Schuhe raus!«

»Ich hab Ihre Schuhe nich…«

»Aber du weißt, daß es um *meine* Schuhe geht?«

»Häää?«

»Hallo? Darf ich fragen, warum Sie mein Kind anfassen und rütteln? Gehts Ihnen noch gut?«

Die hochgewachsene, ziemlich magere Frau war prompt aufgestanden und ihrem Sprößling zu Hilfe geeilt. Aus ihrem rostbraunen Haar leuchteten rote Strähnen, das sah ganz unmöglich aus, außerdem trug sie formlose bunte Ethno-Klamotten, Sandalen, einen langen Rock und drüber eine Art Poncho mit aufgenähten Pailletten. Ihre Zehennägel waren lindgrün lackiert – dennoch unternahm Dr. Stern den Versuch einer vernünftigen Kommunikation.

»Nein, mir geht es grad *nicht* gut, meine Schuhe sind weg. Und Ihr Söhnchen hat sie versteckt, was sicher für den Moment sehr lustig ist, aber bald nicht mehr, da muß ich nämlich aussteigen.«

»Florian, hast du die Schuhe des Herrn hier versteckt?«

»Nein, hab ich niiich…«

»Er lügt.«

»Sie können es ja nicht wissen, aber: Mein Kind lügt nicht.«

»Nur zurückgebliebene Kinder lügen nicht. Daß er stiehlt, halten Sie aber für möglich?«

Die Frau sah Stern verunsichert an, sie verstand die Frage nicht sofort. »Nein, ich habe ihn nur aus Höflichkeit Ihnen gegenüber gefragt. Und jetzt ists gut! Lassen Sie ihn in Ruhe bitte.«

»Aber wer soll denn sonst meine Schuhe genommen haben?«

»Was sollte er mit Ihren Schuhen anfangen, sie wären ihm ja viel zu groß.«

»Was ist bitte das für eine dumme Frage? Natürlich nimmt er sie sich nicht, weil sie ihm passen könnten, er klaut sie aus Jux und Dollerei.«

»Ach so? Und nur Kinder machen irgendwas aus Jux und Dollerei, ja?«

Es waren weder neue noch teure Schuhe, aber äußerst bequeme Sneakers, die Stern peripher am Herzen lagen. Er nahm sich den Kleinen noch mal vor und packte ihn an seinen Hemdsärmeln.

»So, jetzt sagst du, wo die Schuhe sind, sonst setzt es was.«

»Wagen Sie es bloß nicht, meinen Sohn noch einmal anzufassen!«

»Blöder Depp!« kreischte der Sohn und riß sich los.

Stern wurde es zu bunt. Er kramte sein Handy hervor und rief Carla an.

»Kannst du mich bitte am Bahnhof abholen? Paß auf, geh vorher in ein Schuhgeschäft und kauf mir ein Paar Turnschuhe, Größe 45, möglichst billig, mir wurden meine soeben geklaut. Ja, geklaut. Ich weiß auch nicht, wozu. Mir sind die Schuhe geklaut worden, von einem Arschloch-Kind, das zu viele Gene seiner Vollidioten-Mutter mitbekommen hat. Ich bin in Wagen 23, du kannst am Wagenstandsanzeiger genau feststellen, wo ich aussteige. Ich bin auf Socken unterwegs und hab keine Lust, auf einem kalten Bahnsteig rumzustehn. Ja, nein, ich wollte nicht unterstellen, daß du nicht weißt, was ein Wagenstandsanzeiger ist.«

»Haben Sie mich gerade eine Vollidioten-Mutter genannt?«

»Wer redet denn mit Ihnen? Nein, ich meine nicht dich, Carla, ich glaub, jetzt werd ich auch noch bedroht. Ja, im Ernst. Vor mir steht die mit der Erziehung ihres debilen Jungen überforderte Mutti und hebt ihre häßliche Handtasche. Ja, ehrlich. Au! Haben Sie sie nicht mehr alle?«

Stern entstieg auf Socken dem Zug, und Carla ließ sich Zeit. Sie hatte Sneakers der Größe 45 zwar gleich gefunden, war aber mal mit dem Design, mal mit dem Preis unzufrieden, hatte sich dann nicht entscheiden können und kam nun fünfzehn Minuten zu spät aufs Gleis, wo Stern auf einer stählernen Bank im Schneidersitz saß und ihr seine Schläfenschramme zeigte.

»Die hat mir ihre schwere Tasche gegen den Kopf geschlagen. Tot hätt ich sein können! Und als ich aussteige, da grinst mich so ein Punker an, so ein biertrinkender, nach Sackschweiß stinkender Freak! Grinst breit übers ganze Gesicht. Jetzt bin ich mir nicht mal mehr sicher, ob es wirklich das Arschloch-Kind war. Das ist das Schlimmste. Meine Güte, sind die scheußlich. Vierzig Euro? Du hast vierzig Euro bezahlt – für sowas? Ja kennst du keine Billigläden? War doch nur für den Übergang, im wahrsten Sinne…«

Carla tat, als verstünde sie den Einwand nicht. »Vierzig Euro *ist* doch superbillig.«

»Verstehe. Aber rot-blau…«

»Sieht cool aus.«

»Da bin ich zu alt für.«

»Mach dich maln bißchen locker… Du bist grad eben so alt wie George Clooney.«

»Der war halt auch schon mal jünger.«

Carla gab ihrem Chef und Liebhaber einen Kuß auf die Wange. Sie flüsterte ihm ins Ohr, daß es absolut unsexy rüberkomme, wenn Männer über ihr Alter lamentierten, selbst wo das Lamento gerechtfertigt sei. Dr. Stern begriff die Zurechtweisung und nahm sich vor, den Rest des beschissenen Tages cool und souverän zu wirken.

2

Auf dem Kreuzberg in Berlin, unterhalb des Denkmals für die Völkerschlacht 1813, dem höchsten Punkt des Viktoriaparks, einem Tummelplatz für Originale dieser sonderbaren und mannigfaltigen Stadt, kontrollierte etwa zur selben Zeit eine gelangweilte Zivilstreife, bestehend aus zwei noch jungen Beamten, in Ermangelung etwaiger des Drogenhandels Verdächtiger, einen hageren alten Mann, der seinen Mitmenschen durch wirres Gerede auf die Nerven ging, verbunden mit aufdringlichem Gebettel. Er konnte sich nicht ausweisen, aber man fand weder Waffen noch Drogen bei ihm noch sonst etwas von Belang. Der braungebrannte Greis trug nichts als eine ehemals wohl weiße, inzwischen isabellfarbene Kutte mit einem schmalen Ledergürtel sowie abgelatschte Sandalen, er stützte sich auf einen schmucklosen Stock, und Gefahr schien von ihm nicht gerade auszugehen. Gefragt, was er hier tue, gab er zur Antwort, er warte auf einen, der seiner Stimme bedürfe. Wie er das meine, fragte einer der Fahnder. Und der Greis hob beide Arme und rief: »Höret, ihr Himmel! Und Erde, nimm zu Ohren! Denn der HERR redet: Ich habe Kinder auferzogen und erhöht, und sie sind von mir abgefallen. O weh des sündigen Volks, des Volks von großer Missetat, des boshaften Samens, der verderbten Kinder, die den HERRN verlassen. Das ganze Haupt ist krank, das ganze Herz ist matt. Von der Fußsohle bis aufs Haupt ist nichts Gesundes an ihm, sondern Wunden und Striemen und Eiterbeulen, die nicht geheftet noch verbunden noch mit Öl gelindert sind. Euer Land ist wüst, eure Städte sind mit Feuer verbrannt!«

Den Zivilfahndern war er irgendwie unheimlich, aber ihm das zur Last zu legen, dazu konnten sie sich so recht nicht entschließen.

»Höret des HERRN Wort, ihr Fürsten von Sodom! Nimm zu Ohren unsers Gottes Gesetz, du Volk von Gomorra! Was soll mir die Menge eurer Opfer? Spricht der HERR. Ich bin satt der Brandopfer von Widdern und des Fetten von den Gemästeten und habe keine Lust zum Blut der Farren, der Lämmer und Böcke.«

Der Alte wies, wie zum Beweis, auf den Rasen, wo einige meist türkische Familien auf Blechtripoden Fleischspieße grillten, was seit neuestem eigentlich verboten war, aber selten geahndet wurde.

»Sonst ist mit Ihnen alles okay?«

»Wenn ihr hereinkommt, zu erscheinen vor mir, wer fordert solches von euren Händen, daß ihr auf meinen Vorhof tretet? Waschet, reiniget euch, tut euer böses Wesen von meinen Augen, laßt ab vom Bösen!«

Die Zivilfahnder verständigten sich mit kurzen Blicken, dann taten sie, als habe nie ein Gespräch stattgefunden. Sie ignorierten den Alten und zogen weiter. Er rief ihnen nach:

»Lernet Gutes tun, trachtet nach Recht, helfet dem Unterdrückten, schaffet dem Waisen Recht, führet der Witwe Sache!«

Dagegen war nichts einzuwenden.

3

Die Trambahn Richtung Rathaus wollte und wollte nicht kommen. Dr. Stern und seine Sekretärin, die nach der letzten Weihnachtsfeier seine Geliebte geworden war, saßen vor den Gleisen und beobachteten diverse Mäuse, die die Schienen entlanghuschten. Neben die beiden setzte sich ein junger Türke, vielleicht achtzehn, vielleicht jünger, mit athletischem Körper, in roter Jogginghose und weißer Nike-Laufjacke. Der Junge beugte sich vor und ließ mit gespitztem Mund einen Schwall gesammelter Spucke zu Boden fallen, zwischen seine teuren, leuchtend weißen Basketballschuhe. Stern fand den Anblick insgesamt ekelhaft, die Basketballschuhe aber um einiges schöner als seine neuen rot-blauen Sneakers.

»Verzeihung?« Auch er beugte sich nun ein wenig vor und sprach den jungen Türken, sozusagen auf Augenhöhe, an. »Wollen wir nicht Schuhe tauschen?«

Der braunhäutige, breitschultrige Kerl warf Stern einen Blick zu, als sei der verrückt geworden.

»Hä?«

»Meine sind ganz neu. Ich trage sie zum ersten Mal! Darauf kann ich jeden Schwur leisten.«

»Spinnst du? Interessiert mich nicht.«

»Ihre Schuhe gefallen mir aber. Das wollte ich Ihnen mitteilen. Weiterhin will ich Ihnen mitteilen, daß es mir mißfällt, wenn Sie hier vor die Bank, neben unsre Füße, ein Spuckpfützchen machen. Ein Spuckpfützchen, in das später Menschen nichtsahnend hineintreten könnten.«

»Was willste, Alder? Willste Ärger? Oder was? Isch glaub, hab mich verhört. Oder was?«

Carla, die bereits ahnte, was daraus werden würde, umarmte ihren Chef, streichelte seine Stirn. »Laß den Kleinen doch in Ruhe! Der ist ja so süß. Und die *müssen* das machen.«

»Ach, die *müssen* das machen?«

»Ja«, sagte Carla und senkte leicht ihre für eine Frau ohnehin schon tiefe Stimme. »Weißt du, die jungen Schwulen, die sich über ihre sexuelle Orientierung noch nicht so hundertprozentig im klaren sind, wenn die grad eben einem ein' geblasen haben, da bekommen die danach sonen Ekeleffekt, sonen Würgereiz und müssen noch stundenlang spucken. Das – geht uns nichts an, Schatz!«

Ungefähr eine Minute lang herrschte Stille. Dann wendete der braune Brocken den Kopf.

»Sach ma, Alder, was hat deine Tuss da gesacht? Was hat die gesacht?«

Dr. Stern räusperte sich und verfiel in einen dozierenden Tonfall.

»Meine Tusse – es heißt Tusse oder Tussi, nicht Tuss – hat mir gerade erklärt, daß die jungen Schwulen, die sich über ihre sexuelle Orientierung noch nicht so hundertprozentig im klaren sind, daß die, wenn sie grad eben einem einen geblasen haben, danach unter sonem Ekeleffekt leiden, soner Art Würgereiz, und deshalb noch stundenlang spucken müssen.«

»Hey, sachma, spinnt die? Fickst du die nicht richtig?«

»Ich gebe mir alle Mühe, aber im Moment findet sie ja eher *dich* süß.«

»Ey, wollt ihr beide aufs Maul?«

»Wollen wir beide Wasauchimmer auf den Mund? Carla, was meinst du?«

»Nö«, meinte Carla, »kommt ja gleich der Zuch. Aber wenn *du* möchtest...«

»Wenn du nicht willst, Schatz, laß ich es auch.«

»Ihr beiden habt ja die volle Meise, Mann! Sach der Fotze, daß sie sich entschuldigen tut, sonst polier ich euch die Fresse!« Der Junge war aufgestanden und hatte eine Stellung eingenommen, die man unter Imponiergehabe einordnen konnte.

Stern lächelte. Carla liebte derlei abgefahrene Späße, und wehe, wenn Stern nicht mitspielte. Er war gut zehn Jahre älter als Carla und stets bestrebt, bella figura vor ihr zu machen. Eben rollte die Trambahn in die Station. Beide standen auf und grinsten den jungen Türken an.

»Um sich entschuldigen tun zu müssen«, sagte Stern, »täten wir gern mehr Grund haben wollen.« Der Junge schlug zu. Stern wich geschickt aus, den Rest erledigte Carla. Sie war amtierende Berliner Kickbox-Vize-Landesmeisterin, Stern hingegen ziemlich unsportlich.

Der Türke blutete danach aus der Nase, einige Tropfen landeten auf seinen weißen Schuhen.

»Jetzt will ich die nicht mehr haben«, kommentierte Stern das Vorgefallene mit enormem Bedauern in der Stimme. »Würden Sie stattdessen meine rot-blauen tragen, würde das Blut gar nicht sehr auffallen. Ich hoffe, daß Sie mir in diesem Punkt zustimmen können.«

»Ihr Arschlöcher! Ihr habt sie doch nicht alle! Ich werd euch ficken, ihr werdets noch sehen! Ich töte eure Kinder!«

Aber während der junge Mann wütend und laut all diese Drohungen ausstieß, hielt er doch schön Abstand und stieg nicht in dasselbe Abteil wie die so von ihm Bedrohten. Stern seufzte erleichtert. Er hatte sich mal wieder bewährt, hatte für Spaß gesorgt, und Carla würde ihn nachher im Büro ranlassen, daran bestand so gut wie kein Zweifel mehr.

Aber die rot-blauen Sneakers, nein, darüber würden sie am Abend noch mal sprechen müssen.

4

13:30

Swentja fühlte sich derart interessant, daß sie beschloß, sofort all ihren Freundinnen zu erzählen, was ihr grad eben, vor kaum zwanzig Minuten, passiert war. Während sie im Coffeehouse an der Friedrichstraße saß, Latte Macchiato schlürfte und laut in ihr Handy hinein erzählte, so daß alle rund umher Sitzenden ihr bald aufmerksam zuhörten, veränderte sich ihr Tonfall mit jeder angerufenen Freundin, wurde offensiver, selbstbewußter. Der Verdacht einer erlittenen Demütigung wich immer mehr der Gewißheit, von dem, was jüngst geschehen war, mit Stolz berichten zu dürfen.

»Stell dir vor, was mir grad eben passiert ist! Ich habn Angebot bekommen. Ausgerechnet ich. Von sonem Typen, der mich eine Stunde lang lecken will, für hundert Euro. Istn Arab. Ich hätt ihm beinah eine geknallt. Ich hab ihn dann einfach stehen gelassen. Ja, nich? Jetzt denk ich mir, naja, ne Stunde Nichtstun, dafür hundert Euro, kann man sich fast überlegen, oder?«

Viele der Kunden im Coffeehouse reagierten mit abruptem Schweigen und blickten, von Fremdscham geplagt, zu Boden. Swentjas Freundinnen äußerten mehrheitlich die Meinung, daß sie das ganz allein mit sich selbst abmachen müsse. Hundert

Euro seien nicht schlecht. Geleckt zu werden sei auch nicht grundübel und irgendwie auszuhalten. Gesetzt, man könne drauf vertrauen, daß der Typ sich und seinen Schwanz im Griff hätte und nicht plötzlich penetrant zudringlich würde.

»Aber vielleicht will ich ja, daß der Typ mich schlußendlich fickt. Wär das so abartig?«

Swentjas Freundinnen äußerten mehrheitlich die Meinung, daß das schon definitiv grenzwertig sei. Sich für Geld lecken zu lassen, okay, das sei noch irgendwie nachvollziehbar. Ficken wäre was anderes. Was würde denn Johnny dazu sagen?

»Der würde tot umfallen! Weißt du, ich fühl mich enorm gut. Da gibt es wen, der legt hundert Steine hin, damit er mal ausgiebig an mir knabbern darf. Das geilt. Und wennsn Arab ist.«

Die Freundinnen rieten mehrheitlich zur Vorsicht, doch ausnahmslos alle bestanden darauf, ständig auf dem laufenden gehalten zu werden.

Für die fünfzehnjährige Swentja waren hundert Euro sehr viel Geld. Die Aussicht, von einem fast Fremden, der bei genauerem Nachdenken gar nicht so unattraktiv aussah, geleckt, begehrt und, vor allem, bezahlt zu werden, euphorisierte sie. Es würde das erste Mal sein, daß sie ihren Jesus-liebt-mich-Johnny hinterging. Nie zuvor hatte es für ihren im strengen Sinn noch jungfräulichen Intimbereich ein ähnlich offensives Angebot gegeben. Auf Johnny war Swentja ohnehin sauer, er hätte sie längst haben können. Seine Schuld, wenn er förmlich und klemmig und romantisch bis impotent tat, von einer bevorstehenden Heirat phantasierte, nach der alles rundum anders sein würde, weil für immer geregelt. Swentja war der Meinung, durch die Verbindung zu Johnny, die nun fast sieben Wochen dauerte, im Leben bereits zu viel verpaßt zu haben. Anfangs war er ihr erfrischend anders erschienen. Jetzt wirkte er nur noch langweilig. Und sein Religionstick! Nein, sie liebte ihn nicht richtig. Das stand ein für allemal fest. Sonst würde sie an der Offerte dieses frechen Arabers doch gar nicht so lang herumüberlegen. Die Einsicht forderte Konsequenzen, in Wort und Tat. Just in diesem Moment erschien Johnnys Nummer auf dem vibrierenden Handy. Swentja drückte ihn weg. Pfeif auf ihn. Swentja rief den Araber an. Johnny hatte immer noch Jesus, der ihn liebte.

»Ey, Mahmud! Meinst du den Deal ernst?«

Auf die Gesichter etlicher Coffeehouse-Kunden stahl sich ein verschämt-verschmitztes Lächeln, das da und dort in pures Grinsen überging. Andere fanden, definitiv mehr gehört zu haben, als ihnen genehm war, und riefen nach der Bedienung, um schnell zu zahlen und zu gehen.

5

Janine, siebenunddreißig, liebte ihren Beruf und war, wie sie auch selbst fand, eine verdammt gute Tänzerin. Fünf Jahre lang war sie am Darmstädter Dreispartentheater die Primaballerina gewesen, bevorzugt in modernen, unkonventionellen Produktionen. Sie hatte während jener Zeit ebenso Lob wie Ablehnung erfahren; ihre Art zu tanzen galt als einigermaßen speziell bis gewöhnungsbedürftig, was unter anderem daran lag, daß sie hin und wieder, ungefähr in jeder dritten Vorstellung, leichte epileptische Anfälle bekam, nichts Schlimmes, etwas in der Art, wie andere Menschen sich kurz den Fuß ausschütteln müssen, nachdem sie ein pseudoelektrisches Schnalzen im Knie spüren. Die Ärzte konnten nichts Konkretes entdecken, hielten es aber für möglich, daß es sich um einen Nerventick oder um ein frühes Symptom von Multipler Sklerose handeln konnte. Weiteres würde die Zeit erweisen, womit sie das Problem elegant an jene Instanz delegierten, die immer recht behält. Weder Kuren noch Massagen halfen.

Es ging dabei nun wirklich nicht um das, was man eine Behinderung hätte nennen mögen, aber für die Existenz einer professionellen Tänzerin war es zweifellos von Bedeutung. Es bedeutete, sie würde bei jedem Anfall für ein, zwei Sekunden im wahrsten Sinne aus der Rolle fallen. Und das ist im Ballett, selbst im modernsten Ballett, bei dem das gewöhnliche Publikum weder mitpfeifen noch den Ablauf sonst irgendwie überprüfen kann, ein doch schwer zu vertuschender Umstand.

Janine war mutig an die Öffentlichkeit gegangen, hatte auf ihr Leiden hingewiesen und um Verständnis gebeten (manche sagten: *gebettelt*), wenn sie, einer solch geringfügigen Beeinträchtigung wegen, nicht gleich gewillt sei, ihre Karriere aufzugeben.

Und das Publikum zeigte in überwältigender Mehrheit Verständnis und Mitgefühl (manche sagten: *Mitleid*). Für etwa drei Monate war Janine beinahe ein Star in Darmstadt gewesen. Selbst Menschen, die mit Ballett rein gar nichts anfangen konnten, hatten dank der anfangs generösen Berichterstattung lokaler Medien von ihrem Problem gehört. Janine durchlebte eine glückliche Zeit. Es ging ja meistens alles gut, und wenn etwas einmal nicht so gut ging, wurde hinterher um so wilder geklatscht, aus purer Solidarität. Janine fühlte sich auf Händen getragen. Sie wurde von vielen geliebt, und die, die sie haßten, hielten zähneknirschend den Mund. Dann traten die Anfälle öfter auf. Und öfter. Janine tanzte weiter. Der Intendant wagte lange nicht einmal daran zu denken, ihren Vertrag zu kündigen, aus Angst vor schlechter Presse, aber schließlich war es jene Presse selbst, die in der Sache Handlungsbedarf sah.

Wann ist es genug? schrieb ein junger Spund, der Skrupellosigkeit genug besaß, um auszusprechen, was viele nur dachten.

Man hat Verständnis für vieles, und der Wert einer Gesellschaft zeigt sich immer auch darin, wie souverän und taktvoll sie mit ihren Gehandicapten umgeht. Doch so beklagenswert jedes Schicksal auch ist, das sich der banalen physischen Fragilität stellen muß – über allem sollte doch immer die Kunst stehen. Wenn sich ein Künstler den Anforderungen, die die Kunst an ihn stellt, nicht länger gewachsen zeigt, muß er es seiner künstlerischen Verantwortung wegen als selbstverständlich geboten erachten, die nötigen Konsequenzen zu ziehen.

Janine hatte die Konsequenzen gezogen und war nach Berlin gegangen.

Hier gab es so viele junge Tänzerinnen, die notfalls sogar umsonst arbeiteten, um eine Chance zu bekommen. Janine würde, selbst wenn ihre Anfälle jemals verschwänden, hier kaum mehr eine Chance haben; der Konkurrenzdruck war höllisch. Aber für eine Tanz*lehrerin* war Berlin ein Garten Eden. Rein materiell änderte sich für Janine wenig, im Gegenteil, es lebte sich preiswert in der Hauptstadt, sie mußte sich keine Sorgen machen. An ihrem leichtentzündlichen Herzen aber nagte der Stachel, etwas Geliebtes aufgegeben, eingetauscht zu haben, für etwas Verhaßtes. Auch wenn sie als Lehrerin kompetent und einfühlsam war – im Grunde verabscheute sie es, fremden Menschen etwas beizubringen, zu dem sie selbst nun nicht mehr taugte. Sie hatte den Beifall geliebt, die Arbeit, die Scheinwerfer, das Lampenfieber. Jetzt wurde sie mit Bar- und Schwarzgeld bezahlt und bekam manchmal einen Händedruck dazu. Beides besaß den Hautgout von etwas Dritt- und Viertbestem.

6

Johnny rief Swentja in der Mittagspause an, weil er sich einsam fühlte und die Stimme jenes Mädchens hören wollte, das er mehr als alles liebte außer Jesus. Nur die Mailbox ging ran, und er legte auf. Es würde noch ein oder zwei Jahre dauern, dann aber konnte Swentja die wahre Taufe annehmen und die Mutter seiner Kinder werden, er hatte vor, mit ihr eine Familie zu gründen. Daß sie noch Jungfrau war, war dafür nicht unbedingt Voraussetzung, Gott vergibt den Sündern – wem auch sonst? –, es hatte ihm allerdings imponiert. In einem übermütigen Moment hatte er mal versehentlich das Geschlecht jenes Mädchens berührt, hatte in ihre Hose gegriffen – er war sehr betrunken gewesen, ebenso versehentlich, denn er wußte nicht, wie stark Cai Pirinha wirken kann –, er hatte nur mal kurz ihr Schamhaar befühlen wollen, aber da kam und kam kein Schamhaar, und plötzlich glitt sein Finger über was Feuchtes. Das tat ihm jetzt noch von ganzer Seele leid. Er hatte den Finger gewaschen und immer wieder gewaschen und dazwischen dran gerochen. Viel war in ihm vorgegangen.

Seltsam, daß Swentja immer noch keine Schambehaarung besaß. Mit fünfzehn. Sie darauf anzusprechen hätte er sich nie getraut. Irgendwann in den nächsten Wochen würde er Swentja seinen Eltern vorstellen, damit die mal eine Meinung zu ihr bekommen würden, ihm war enorm wichtig, was seine Eltern über Swentja dachten. Wenige Söhne, in dieser gottverlassenen Zeit, hatten ein ähnlich pflichtbewußtes Verhältnis zu ihren Erzeugern, er war stolz darauf, anders zu sein, seinem Papa und seiner Mama in jeder Hinsicht vertrauen zu können. Er war sicher, daß beide Swentja großen Herzens, mit offenen Armen, annehmen, in die Familie integrieren würden, alles würde gut werden, geregelt. So schön würde das sein.

Eines Tages würde er sich sogar vor ihr, seinem erwählten Mädchen, ausziehen können, wenngleich sich das vorzustellen die Kräfte seiner mal schwachen, mal wild ausufernden Phantasie beinahe überstieg.

7

Ümal Nurbekoglu war immer noch außer sich vor Wut, als er im Untergeschoß des Bielefelder Saturn-Hansa seine fünf allerbesten Freunde traf.

»Ey, ihr glaubt nich, was mir heut in der Trambahn passiert is!«

Er versuchte, die Geschichte irgendwie so zu erzählen, daß sein Renommee nicht allzugroßen Schaden nahm. Relativ spät begriff er die Schwierigkeit dessen, denn er war, harter Fakt, von einer *Frau* geschlagen worden. Klares No-Go. Das wem als plausibel zu verklickern, forderte Rhetorik. Aber der Drang, sich mitzuteilen, wog schwerer als die Möglichkeit einer Blamage. Er konnte nun keinen Rückzieher machen, seine Freunde sahen ihn an, gespannt, und lauschten seiner Schilderung.

»Ich steh da, Quatsch, ich sitz da, denk mir nichts Böses, kommtn Typ und labert mich blöd an, ich soll nich aufn Boden spucken, denk ich mir, ist das dem sein Boden? Geb ich ihm Kontra, er soll sich gefälligst mal ins Knie ficken. Dann stellt sich raus, der Typ, war schon alt, knapp an die fuffzig, kein Gegner – rein physisch –, der hatn Bodyguard dabei. Die beiden gehn auf mich los, wie die Geisteskranken. Ich hau dem alten Typen in die Fresse, aber der Bodyguard packt mich von hinten, würgt mich, daß mir Hören und Sehen vergeht, boxt mir in die Nieren, ich dachte, ich sterb. War voll krass, der alte Typ blutet mir die Schuhe voll, ich seh sein Gesicht vor mir, er sabbert Blut und lallt was von Scheiß-Türke, und der Bodyguard hält mich fest, dreht mir die Luft ab. Ich greif zu meinem Messer, war voll berechtigt, zwei gegen einen, stoß ihm das Messer in die Hand auf meinem Mund. Da läßt er los, jault, blutet wie Sau – und ich – ich denk mir – wird verdammt alles videoüberwacht, heutzutage, besser raus aus der Tram, und schnell. Rechnung bleibt offen. Naja, das ist die Story. Suchen mich jetzt die Bullen?«

Ümals fünf beste Freunde sahen sich den Blutfleck auf seinen weißen Basketballschuhen an und wollten wissen, ob das Blut nun von dem alten Typen oder vom angestochenen Bodyguard stammte. Ümal genoß das Mitgefühl seiner Kumpel. Er war in ihrer Achtung keineswegs gesunken, wie er zwischendurch befürchtet hatte. Alle attestierten ihm Umsicht, es sei konkret richtig gewesen, die Trambahn zu verlassen. Rache könne man später noch an einem weniger überwachten Ort üben. Sofern man das wolle. Und die beiden Arschlöcher noch mal vor die Linse bekäme.

8

Johnny hatte einen Tick.

Immer wenn er eine Frau mit Kinderwagen sah, dachte er: Diese Frau muß, vor nicht allzulanger Zeit, Geschlechtsverkehr gehabt haben. Muß begangen worden sein vom Gatten. Oder sonstwem. Prompt spazierte Johnny der Frau eine Weile lang hinterher, mit staunendem Blick, als ob man sich über soviel freizügig zur Schau getragenes Intimleben nicht genug wundern könne.

Wenn ich mal Geschlechtsverkehr haben werde, möchte ich nicht, daß jemand davon was mitbekommt. Niemandem erzähle ich davon. Am besten wärs, wenn es keinen einzigen Zeugen gäbe und die Frau, mit der ich das mache, ohnmächtig wäre. Sie soll es schon wollen, dann aber, wenn ich mich ausziehe, ohnmächtig werden vor Freude, schöne Träume haben – und erst aufwachen, wenn es vorbei ist.

Johnny kam allmählich zur Überzeugung, daß viel mehr Menschen Geschlechtsverkehr ausübten, als er sich ausgemalt hatte, Türken besonders, denn türkische Frauen schoben in seiner Wahrnehmung überproportional viele Kinderwagen vor sich her. Diese Frauen kleideten sich so züchtig, viele trugen Kopftuch, manche sogar noch einen Schleier vorm Gesicht – aber schoben dennoch problemlos einen Kinderwagen, gaben einfach so zu erkennen, daß ihnen vor nicht allzulanger Zeit ein Mann beigewohnt hatte. *Beigewohnt.* Dafür gab es ja ganz schlimme Umschreibungen. Jemandem *beiwohnen* klingt schon schlimm genug. Geschlechtsverkehr war weniger schlimm, das war der Verkehr zwischen den Geschlechtern, das konnte auch harmlos sein, gemeinsames Teetrinken zum Beispiel, oder Karten spielen.

Manchmal sah er Frauen, die waren so schön, daß er daran dachte, sie auf den Mund zu küssen. Sofern niemand zusehen würde. Das war ziemlich utopisch, aber seit einiger Zeit putzte sich Johnny zweimal täglich die Zähne. Wenn er sich die Zähne putzte, kam es, weil er es mit nicht zu unterdrückenden Hintergedanken tat, regelmäßig zu Erektionen, manchmal zu Ejakulationen, beide Begriffe kannte er zwar, doch gebrauchte er sie nicht, sie schienen ihm zutiefst suspekt. Erektionen nannte er *Verhärtungen,* Ejakulationen umschrieb er im geheimen Tagebuch mit: *Hab mich wieder unten übergeben müssen.* Eigentlich hatte er sein Tagebuch so führen wollen, daß man es jederzeit öffentlich vorlesen konnte, ohne irgendwem die Schamröte ins Gesicht zu treiben. Ein sehr guter Ratschlag seiner Mutter war das gewesen, denn man muß ja immer damit rechnen, daß Geschriebenes in fremde Hände fällt. Geschriebenes ist eine intime Sache, wie Unterwäsche. Seit seine Familie von dem Dorf Flachslanden nahe Ansbach nach Berlin gezogen war, stellte Johnny Veränderungen an sich fest. Manchmal gab es Werbungsplakate für Hautlotionen, wie das im Kaufland, wo man die unverhüllte Brust einer schönen Frau betrachten konnte. Inzwischen schaffte er es, hinzusehen, ohne sich gleich übergeben zu müssen, unten. Aber die Großstadt führte zu vielen Verhärtungen. Seine Mutter war gegen den Umzug gewesen, sein Vater jedoch, der von seiner Religionsgemeinschaft in ein hohes Amt gewählt worden war, meinte, man könne sich gegen diese Art Berufung schlecht wehren, sie komme letztendlich von Gott, der einen an diesen Ort bestellt habe. Damit müsse man nun fertig werden. Die Menschen in Berlin hätten das Wort Gottes auch sicher um einiges nötiger als die Menschen rund um Ansbach.

Johnny hieß in Wahrheit Johannes. Es war Swentja gewesen, die ihn Johnny genannt hatte, beharrlich, weil sie den Namen Johannes nicht so richtig toll fand. Er hatte sich das von ihr gefallen lassen, und neulich, beim Abendbrot, hatte er sogar seinen Eltern gegenüber erwähnt, daß man ihn hier ab und zu *Johnny* rufen würde. Sie reagierten gelassener als befürchtet. Manchmal aber sahen sie ihn in den letzten Wochen streng und verbittert an, als sei ihnen bereits, durch Denunziantenengel, offenbart worden, daß er beim Kreuzbergfest, auf Swentjas Vorschlag hin, ein verwerfliches, verwirrendes Getränk getrunken und, später am Abend, die Scham jenes ungläubigen Mädchens mit der Fingerspitze berührt hatte. Es sei ein Versehen gewesen, würde er sich rechtfertigen. Ein Fingerfehler. Ja, aber eine anständige junge Dame hätte sich, würde seine Mutter einwenden, dagegen zur Wehr setzen müssen.

Sicher, Swentja war unwissend, hatte Gott noch nicht in ihr Herz gelassen, sie war verantwortungslos erzogen worden, war schwer gefährdet, ein Mädchen unter dem Joch der Versuchung. Aber durfte man es deswegen gewissenlos sich selbst überlassen? Nein, gerade eben nicht. Das würde er seinen Eltern erklären. Sie würden es verstehen. Sie verstanden fast alles und erklärten es dann. Und gern. Und ausführlich.

9

Ekkehard Nölten war regelmäßig Kunde in der Lebensmittelabteilung des Karstadt am Hermannplatz gewesen, obwohl er sich das in Anbetracht seines Frührentnereinkommens rein rechnerisch nicht leisten konnte. Jedoch, die Lebensmittelabteilung des Karstadt am Hermannplatz, Neukölln, war hier und da wohltuend anders gewesen als andere, im Preisniveau ähnlich gelagerte Lebensmittelabteilungen. An der Wursttheke gab es abgepackte Wurstabschnitte, die gerade mal ein Fünftel dessen kosteten, was dieselbe Menge an regulär aufgeschnittener Wurst gekostet hätte. An der Fischtheke war es genauso, fast noch besser: Für einen mehr als fairen Preis konnte man hier Lachs, Zander, Steinbutt und andere Fischdelikatessen mitnehmen und sich zu Hause davon eine leckere Fischsuppe kochen. Das Allerschönste aber war die Kalbsleber. Ekki liebte Kalbsleber. Die hier unverschämt teuer war. Nahm man sich hingegen drei Portionen von aussortierten Leberabschnitten, schmiß die flachsendurchwachsene Rinds- und Schweineleber weg und behielt allein die zarten Kalbsleberstücke, so konnte man schnell mal dreihundert Gramm für einen Bruchteil des regulären Preises mit nach Hause nehmen. Ein sehr menschlicher Zug am Karstadt Neukölln. War das gewesen. Jetzt sah die Sache anders aus. Man hatte im Winter die Lebensmittelabteilung binnen zweier Monate komplett umstrukturiert, ohne Not, Sinn und Zweck. Die Umbauarbeiten mußten viel gekostet haben. Aber wozu? Es sah vielleicht ein klein wenig schnieker und transparenter aus als vorher, die Wurst-Käse-Abteilung war vom Rand in die Mitte gerückt, war nun komplett zu umwandern – wem bitte sollte damit gedient sein? Und es gab keine Abschnitte mehr. Weder Wurst- noch Fisch- noch Leber.

Will Karstadt, fragte sich Ekkehard Nölten, damit ein Zeichen setzen? Und welches? Schmiß man die Abschnitte nun etwa weg, einfach *weg*? Wollte man die Geringverdiener nicht mehr billig davonkommen lassen?

Es war seit jeher ein Signum Neuköllns gewesen, daß man sich hier auch mit kleinem Geldbeutel gut ernähren konnte, zum Beispiel, wenn man auf dem Türkenmarkt am Maybachufer kurz vor sechs Uhr abends Obst kaufte. Da bekam man schon mal drei Kilo Erdbeeren für zwei Euro nachgeschmissen, oder fünf Mangos für einen. Undsoweiter. Ekki aber stand nicht so auf Obst. Er wollte weiterhin Kalbsleberspaghetti essen, mit Schinkenwürfeln, Sahne, Zwiebeln, Majoran und einem Schuß Sherry. Sein Leibgericht. Kalbsleber für 25 Euro das Kilo hingegen degradierte ihn zu einem Menschen dritter Klasse. Der er im öffentlichen Ansehen vielleicht war. Nein, sogar ganz sicher war. Dahingehend pflegte er keine Illusionen. Ob es je wieder Wurstabschnitte geben würde, wagte er an der Wursttheke nicht zu fragen, um sich nicht freiwillig als drittklassig zu brandmarken. Er stand da und trauerte still. Nicht in erster Linie, weil wieder eine geliebte Nische der Konsumlandschaft verschwunden war. Seine Trauer (seine Scham) galt auch der Einsicht, welch überproportional große Rolle das Essen in seinem leergelaufenen Exlateinlehrerleben inzwischen spielte. Auch wenn er immer wieder daran dachte, daß Seneca, jener stets Verzicht und Gelassenheit predigende Stoiker, einst der reichste Mann Roms gewesen war, mit einem auf heutige Verhältnisse umgerechneten Vermögen von gut zwei Milliarden Euro. An Ekkis Situation änderte das nichts. Nein, nichts.

10

»Hi, hier ist Swentja.«

»Swentja?«

»Wie stellste dir dasn vor?«

»Wie stell ich mir was vor?«

»Na, wenn ich auf dein Angebot eingeh. Haste überhaupt hundert Euro?«

»Ach, *du* bist das? Ich soll dich lecken, ja?«

»Nö. Du *darfst* mich lecken. Vielleicht. Wennde vorher mit dem Geld rüberkommst.«

»Geld hab ich. Treffen wir uns Mitternacht aufm Südstern?«

»Wieso aufm Südstern?«

»Da gehn wir in den Park. Hasenheide. Da hockste dich auf ne Parkbank, und ich leck dich. Hinterher gibts Kohle.«

»Nein, vorher.«

»Du krichst die Hälfte vorher.«

»Warum Hasenheide? Haste kein Zuhause?«

»Ey, ich kann nach Heim keine Deutsche vorbeibringen. Mußte Verständnis für zeigen.«

»Hasenheide ist doch total dunkel um Mitternacht.«

»Ja und? Grad deswegen. Ich beschütz dich schon. Taschenlampe hab ich auch.«

»Nee. Am Ende warten da deine Kumpels, und dann vergewaltigt ihr mich. Bin doch nicht blöd!«

»Na, dann flachfall! Soll ich mir wegen dirn Hotelzimmer nehmen oder was?«

»Das wär stilvoll.«

»So dringend isses dann auch nich.«

Swentja hörte ein Klicken in der Leitung. Sie wollte es nicht wahrhaben.

»Hallo? Mahmud? Arschloch?«

Sie wiederholte noch einmal ihr verstörtes *Hallo?* – und plötzlich, von Sekunde zu Sekunde, war es ihr zum ersten Mal peinlich, daß die anderen Gäste im Coffeehouse schwiegen und sie, mehr oder weniger dezent, aus den Augwinkeln beobachteten. Swentja schulterte ihre pinkfarbene Handtasche und trat auf die Straße hinaus.

Wenn Johnny irgendwas Gutes besaß, dann war es seine Liebe. Für ihn war Swentja eine schöne junge Frau, der er nötigenfalls sein herausgeschnittenes Herz zu Füßen legen würde. Das gefiel ihr, und allein deswegen war sie schon so lange mit ihm zusammen. Daß sie nicht besonders hübsch, geschweige denn schön war, wußte sie selbst. Johnny hatte sie dies stets vergessen lassen, er, und nur er, niemand sonst, hatte ihr das Gefühl gegeben, daß sie etwas Besonderes, Einzigartiges war. Swentja drückte auf Wahlwiederholung.

»Ja?«

»Swentja noch mal. Paß auf! Du kannst heut abend zu mir kommen, meine Eltern sind im Tanzclub. Du kommst um acht und gehst um neun.«

»Geht klar. Wo wohnst du?«

Swentja nannte ihre Adresse in der Katzbachstraße. Heute

abend würde sie, zum ersten Mal in ihrem Leben, geleckt werden – und sogar noch Geld dafür bekommen. Die Aussicht erregte sie so sehr, daß sie den Rest des Tages keinen klaren Gedanken fassen konnte.

11

15:00

Ekkehard Nölten hatte vor dem Regal mit den Cauldron-Chips, die Minnie so sehr mochte und von denen er ihr manchmal eine Tüte als Geschenk auf den Tresen legte, einen Anfall von Weltschmerz und Wut bekommen. Hatte eine Angestellte drum gebeten, sie solle den Geschäftsführer herholen, denn er war nicht willens, seinen heiligen Zorn an *irgendwem* auszulassen. Der Mensch, der ihm dann entgegentrat, sah zu jung aus, kaum dreißig, um wirklich wichtig zu sein. Aber bitte – wenn er sich dennoch als wichtig ausgab, sollte er fortan dafür gradestehen.

»Darf ich Sie was fragen?«

»Sehr gern. Womit kann ich dienen?«

»Sie sind der Geschäftsführer von diesem Laden?«

»Bin ich.«

»Und Sie legen fest, welches Warensortiment bestellt wird?«

»Worum gehts denn?« Der junge Mensch, auf seinem Namensschild stand *König*, wirkte bereits ungeduldig, sah auf seine Uhr. Eine Frechheit.

»Warum bitte – sehen Sie, ich habe eine Bekannte, der ich hin und wieder diese guten Chips schenke – und ich war vor zwei Monaten in London…«

»Aha!«

Der Typ schnauzte dieses sinnlose Unterbrechungs-Aha, als würde er bereits daran zweifeln, daß Ekki Berlin je verlassen hatte. Ekki war auch nicht *in persona* in London gewesen, aber im Internet auf der Website von Royal Cauldron, was heutzutage ja fast dasselbe ist. Und der Besuch eines Internetcafés hatte ihn mehr Überwindung gekostet als andere ein Trip nach Nahost.

»Ich war in London«, insistierte er trotzig. »Dort gab es die neuen Cauldron-Chips-Sorten *Yoghurt & Coriander* und *Caribbean Spices* bereits in jedem Laden – warum, sagen Sie es mir – es waren die besten Chips, die ich je gegessen habe –, warum komme ich heute zu Ihnen, und Ihr ärmliches Sortiment in Ihrer aufgehübschten Feinkostabteilung hat die beiden Sorten immer noch nicht in den Regalen? Sagen Sie mir das!«

Nölten kochte, er steigerte sich hinein, redete sich in Rage. So oder auch nur ähnlich hatte ihn die Welt bisher nicht zu sehen bekommen. Seltsamerweise empfand er selbst ganz genau, daß das, was er von sich gab, ungerecht und übertrieben, ja an den Haaren herbeigezerrt war. Aber die Wut, jene numinose Energie, machte es möglich, daß er einfach weiterreden konnte, ohne durch irgendeine Hemmung an Fahrt zu verlieren.

Der Geschäftsführer runzelte die Stirn und meinte bedauernd, daß die Firma Royal Cauldron die angesprochenen Sorten wohl zuerst nur in England auf den Markt bringen und testen würde, bevor man sie auf den Kontinent exportiere, er müsse sich da noch ein paar Wochen in Geduld üben.

»Ach so ist das? Aber im Kadewe, Herr König, da liegen sie schon, die neuen Sorten, da hab ich sie gesehen, gestern!«

Was eine glatte Lüge war.

»Und warum, wenn ich fragen darf, haben Sie sie dann nicht gekauft, im Kadewe?«

Nölten starrte den Geschäftsführer an, als habe der ihn ob seiner Armut beschimpft.

»Weil ich meine Chips lieber hier kaufe, Sie Idiot, aus Lokalpatriotismus! Nein, natürlich weil das Kadewe immer noch siebzig Cent pro Tüte draufschlägt. Haben Sie das hören wollen, ja? Daß siebzig Cent für mich eine Rolle spielen? Wollten Sie das hören?«

Uwe König zupfte ein Staubkorn vom Ärmel seines Sakkos. Verrückte wie den da war man in der Gegend gewohnt.

»Ich kann Ihnen Folgendes anbieten: Hinterlassen Sie mir Ihre Adresse, und ich informiere Sie persönlich per Mail, sobald die neuen Sorten auch bei uns eingetroffen sind.«

»Schicken Sie mir lieber einen Brief, Mensch! Ich habe überhaupt keine Mail-Adresse! Wollten Sie das hören? Daß ich quasi virtuell obdachlos bin? Mailunzustellungsfähig? Geht es Ihnen jetzt besser, Herr König?«

»Ich glaube, Ihr Problem liegt tiefer, Herr ...«

»Nölten. So heiß ich. Ich hab einen Namen, geht das in Ihren Schädel? Gönnen Sie mir diesen Besitz?«

»Mehr kann ich Ihnen dazu leider nicht sagen. Wir bedauern sehr, daß wir Ihren Wünschen nicht hundertprozentig entsprechen können.«

»Ach, tust du das? Benutzt du jetzt den Pluralis majestatis? Dann hört mal her, ihr Tausende Arschlöcher!«

Ekkehard Nölten verlor vollends die Kontrolle über sich selbst. Alles war in einem Moment zuviel geworden, und die Filter der Zivilisation griffen nicht länger.

»Wir leben im blühenden Turbokapitalismus, du kleiner Ladenhüter, ich will diese gottähnlichen Chips kaufen, sofort, warum darf ich das nicht, ich zahle auch gern die 3,99 pro Tüte, das sind sie mir wert, diese Chips, elendiger mieser Schnarchsack, ich sage dir, wenn ich nächste Woche komme und dieser Laden keine *Yoghurt&Coriander*-Chips zum Verzehr gegen Bezahlung anbietet, kauf ich mir eine Knarre und schieb sie dir in den Mund, du Lutscher, dann werd ich mir, das hab ich nämlich gern, eine Minute lang dein Winseln anhören, eine Minute, und der Film, der da bei dir abläuft, interessiert mich keine Scheißsekunde! Ich werd dich abknallen, und alle blöden Zahnarztgattinnenkotzfotzen, die bei dir einkaufen, du Scheiß-König – ICH nämlich bin dein König, dein gesalbter König und Kaiser-Kunde von meiner eigenen Gnaden, bin hochwohlgeborener Konsument des turbokapitalistischen Traumsystems, ja verdammt, verdammt, verdammt. Hast du das? Hast du das kapiert? Deines beschissenen Lebens einziger Sinn ist es, mir auf den Knien beim Erwerb der neuen Cauldron-Chips zusehen zu dürfen, dafür bist du vom großzügigen Kosmos an diesen Platz beraumt worden! So ist das nämlich! Ja, du mich auch! Jetzt, Freundchen, suchst du das Weite, aber morgen wird man *dich* in der Weite suchen, wenn ich dich irgendwo darin begraben hab!«

Der ehemalige Lateinlehrer Ekki brüllte und tobte, was indes deutlich weniger angsterregend wirkte, als er selbst vermutet hätte. Bald kamen zwei stämmige Männer vom Sicherheitsdienst, packten ihn und setzten ihn vor die Tür. Teilten ihm in knappen Worten mit, er habe fortan Hausverbot, womit die Angelegenheit ihrerseits ein für allemal erledigt war.

12

20:00

Wenig hätte gefehlt, und Swentjas Eltern wären zu Hause geblieben, denn Maschjonka, Swentjas russischstämmige Mutter, klagte über Kopfschmerzen. Sie hätte jene Kopfschmerzen aber nicht als rasend beschrieben, eher als dumpf und bleiern, trotzig und irgendwie gleichgültig zwischen den Ohren herumhockend. Außerdem lagen Maschjonka und Robert in der vereinsinternen Rangliste der lateinamerikanischen Standardtänze klar in Führung. Schon ein dritter Platz würde ihnen am heutigen Abend genügen, um sicher und endgültig für die städtischen Meisterschaften nominiert zu werden. Also zog das Ehepaar Pfennig in den Kampf. Swentja war zuvor eingeschärft worden, auf Sonja, ihre kleine Schwester, die in letzter Zeit unter Alpträumen litt, mehr als nur ein Auge zu haben. Sonja schlief bereits, als Mahmud klingelte. Er hatte sich den Hundert-Euro-Schein auf die Stirn gepappt und tat lässig, grinste dabei und vollführte kleine Tanzschritte. Gleich würde er ja, dachte er, den ersten weiblichen Unterleib zu Gesicht bekommen, mit dem er nicht irgendwie verwandt war.

Ekki ging kurz vor acht Uhr in den Skat-Club, immer noch aufgewühlt. An diesem Abend spielte er, neben vielen anderen riskanten Soli, einen Grand ohne Vier, den er normalerweise nie gewagt hätte. Von der mathematischen Wahrscheinlichkeit her bot er nur dreißig Prozent Gewinnchancen. Ekki hatte Glück, die Buben waren bei den Gegnern zwei zu zwei verteilt, und der Tag, der soviel Widerstand geboten hatte, löste sich zuletzt beinahe in Wohlgefallen auf. Ekki war dennoch nicht zufrieden. Er wurde die bohrende Vermutung nicht los, daß die Welt ihn hin und wieder mit ein wenig Geplänkel zu besänftigen suchte, wie man einem Tier im Zoo Extrafutter gibt, oder Spielzeug, um es zu beschäftigen. Und selbst der Sieg am Kartentisch erschien im nachhinein wie eine raffinierte Strategie, mit der die Welt ihn ruhigzustellen, letztlich immer wieder zu verarschen gedachte. Er mußte irgend etwas tun, um das Gefühl zu haben, noch am Leben zu sein. Er brauchte einen Plan. Kurz vor Mitternacht erklärte er seinen Austritt aus dem Club, was mit genau jener Bestürzung aufgenommen wurde, auf die er spekuliert hatte. Fast zehn Minuten lang wurde er bestürmt, sich die Sache doch noch einmal zu überlegen. Danach kehrte schnell Ruhe ein.

»Wer isn das?«

Sonja stand in der Tür ihres Zimmers und deutete auf den jungen Araber, der eben die Wohnung betreten wollte.

»Warum schläfst du denn nicht?« Swentja wurde wütend auf ihre fünfjährige Schwester.

»Kann nich! Wer isn das?«

»Geht dich nix an. Geh pennen!«

»Das sag ich Mama!«

»Gar nix sagste Mama!«

»Doch!«

»Was isn jetzt?« wollte Mahmud wissen.

Swentja überlegte hin und her. Sie mußte schnell eine Entscheidung treffen. Wenn Sonja ausplaudern würde, daß ein junger Mann, zumal mit etwas dunklerer Hautfarbe, die Wohnung betreten hatte, würde es Ärger geben. Und Sonja würde plaudern, definitiv.

»Tja, wir sind leider nicht interessiert.«

»Hä?«

»Wir abonnieren keine Zeitungen, schon gar nicht an der Haustür. Tut mir leid!«

Mit diesen Worten schob sie Mahmud über die Türschwelle zurück, blinzelte ihm zu und flüsterte noch mal, aber in völlig anderem, viel glaubhafterem Ton, daß es ihr leid tue. Mahmud rollte entnervt mit den Augen und fragte, ob er vielleicht später noch mal wiederkommen solle.

»Heute jedenfalls nicht!« Swentja schloß die Tür mit einem festen Ruck.

»War nurn Vertreter. Der neue Zeitungsjunge. Wollte wissen, ob wir was abonnieren.«

»Warum hatte der Geld an der Stirn pappen?«

»Ist son Lockangebot. Wenn man drei Zeitungen abonniert, gibts 100 Euro Prämie.«

»Bringst du mich ins Bett?«

»Du kannst einem echt auf die Nerven gehn.«

»Und du mußt mir noch eine Geschichte vorlesen!«

»Nee.«

»Doch. Doch!«

Swentja sah ihrer Schwester in die Augen. Konnte man ernsthaft eine Fünfjährige als *verschlagen* bezeichnen? Besser wars in jedem Fall, auf Nummer Sicher zu gehen und ihr noch eine Geschichte vorzulesen. Definitiv.

Eine halbe Stunde später, in ihrem Zimmer, rief sie Mahmud an.

»Ich kann nix dafür. Wir holen das nach.«

»Okay, aber ich zahl dir jetzt nur noch achtzig Euro. Damit das klar ist! Zeit ist Geld.«

Swentja rang um eine passende Antwort, ihr fiel keine ein, sie drückte erst mal die rote Taste.

Johnny hatte eine SMS geschickt. MELD DICH DOCH MAL! ICH VERMISSE DICH!

Swentja setzte ihre Kopfhörer auf, flüchtete unter ein Zelt aus Musik, hörte ein paar Songs der Babyshambles, schlief dann ein, ohne auf die SMS reagiert zu haben, kurz bevor ihre Eltern vom Tanzclub zurückkehrten. Sie hatten einen guten zweiten Platz errungen, waren somit für die Stadtmeisterschaft qualifiziert.

Johnny lag in seinem Bett, Tränen liefen ihm die Wangen herab, und er malte sich aus, wie es wäre, wenn Gott beschlossen hätte, seine Geliebte in einem Autounfall oder sonst auf irgendeine Weise sterben zu lassen. Anders konnte er sich ihr Schweigen plausibel nicht erklären. Um Mitternacht rief er sie noch einmal an, verzweifelt und von Sorge zerfressen. Die Mailbox ging ran, aber er hatte nicht die Kraft, einer vielleicht bereits Toten seinen Liebesschwur auf Band zu sprechen. In dieser Nacht haderte er, zum ersten Mal in seinem Leben, mit Gott. Unendlich viel ging in ihm vor. Erst gegen vier Uhr morgens überwältigte ihn der Schlaf, wie man einer Geisel gewaltsam einen Sack über den Kopf zieht.

13

FREITAG

Dr. Thomas Stern war es gewohnt, auch kürzere Strecken mit dem Taxi zurückzulegen. Aber die zwei Stationen von seinem Zweitbüro am Rathaus zum Bielefelder Hauptbahnhof waren mit der Trambahn ein zu einleuchtendes Angebot, das Geld wie Zeit sparte. Er fühlte sich blendend. Carla war außerordentlich lieb zu ihm gewesen, am Morgen hatten sie gemeinsam neue Sneakers für ihn ausgesucht, und wieder war er sich bewußt geworden, daß er es sich aufgrund seiner neuen Position leisten konnte, gegen die Kleidungsvorschriften der Firma zu verstoßen, wenigstens bis hinauf zu den Knöcheln. Das war doch was. Obwohl er jetzt darüber nachdachte, ob Turnschuhe an ihm nicht bald – oder war es gar schon soweit? – zu gewollt juvenil aussahen. Am Hauptbahnhof stieg er aus und beschloß, darüber nicht allzu heftig nachzudenken. Der örtliche Punk- und Junkietreff, am Ende der langen Rolltreppe, die in den Bahnhofsvorplatz mündete, wurde per Lautsprecher mit Beethovens Klavierstück »Für Elise« dauerberieselt, was die Junkies anfangs verscheucht hatte, bis sie nach und nach dagegen resistent geworden waren. Dr. Stern ärgerte sich stets erneut, sobald er diese Örtlichkeit passierte, über den Mißbrauch Beethovens. Man müßte, dachte er, dieses sich als zwecklos erwiesen habende Projekt endlich stoppen. Zudem mochte er das sentimentale Klavierstück und blieb regelmäßig ein paar Sekunden lang stehen, um ihm zu lauschen. Wie konnte irgend jemand je auf den perversen Gedanken verfallen sein, menschlicher Abschaum könne durch göttliche Musik auf Dauer vertrieben werden. Zumal ja selbst bei Punks der Name Beethoven dank Kubricks *Clockwork Orange* keinen ganz üblen Ruf besaß. Hier waren brave, mittelmäßig originelle Bürokraten am Werk gewesen, die weder Ahnung von Musik noch von Folter besaßen.

Thomas Stern hatte in seiner Jugend passabel Klavier gespielt. Und wenn er auch nie mit dem nötigen Talent gesegnet gewesen war, eine musikalische Karriere einzuschlagen, plagte ihn doch das schlechte Gewissen, längst alles, was er einst gelernt hatte, vergessen zu haben. Irgendwann war in ihm die Entscheidung für ein sicheres Leben in Wohlstand gereift. Das ging schon in Ordnung, an ihm war, wie gesagt, kein zweiter Mozart verlorengegangen, weiß Gott nicht. Und wiewohl er für das Höhere im Leben – Musik, Kunst, Literatur – eine sensible Antenne besaß, so schätzte er doch auch die Vorteile, die ihm jene sehr bewußt getroffene Grundsatzentscheidung zugeschanzt hatte, als da waren: wenig Langeweile durch enorm viel Arbeit, ein hübsch gelegenes, geräumiges Häuschen, eine liebreizende Frau ohne Kinderwunsch, die auch sonst kaum Zicken machte, eine sportliche, hinreißende Geliebte, die nicht übertrieben kostspielig war, dazu sieben Wochen Urlaub im Jahr. Was konnte ein durchschnittlich begabter Mann schon mehr verlangen von diesem relativ kurzen Leben? Gut, sicher, er würde der Menschheit keine Geschenke hinterlassen, würde unbesungen begraben und binnen dreier Generationen vergessen werden. Aber geschadet hatte er doch auch niemandem. Nein, Thomas Stern war mit sich im reinen, als er plötzlich angerempelt wurde, vor dem Bahnhofsportal.

Da stand ein junger Südländer, samt seiner Entourage von fünf anderen Jugendlichen, und richtete das Wort an ihn. Weshalb bloß? Stern erinnerte sich erst, als er auf den weißen Basketballschuhen des Jünglings mit mutmaßlichem Migrationshintergrund schwachrosa Reste eines Blutflecks entdeckte.

»Hey, das ist der Typ! Na, wo wollen wir denn hin?«

Stern begriff, daß es nun auf Schnelligkeit ankam. Diesmal war Carla nicht hier, um ihn zu beschützen. Er war auf sich allein gestellt, und wenn ihn die Bande erst in der Mangel haben würde, konnte alles zu spät sein. Bestimmt erwarteten sie von einem distinguierten Herrn wie ihm höchstens eine rein rhetorische Verteidigung. Darin lag seine Chance. Er hätte später nicht erklären können, warum das alles so und nicht anders verlief. Seine Faust landete im Gesicht des jungen Türken, der zu überrascht war, um an Deckung überhaupt zu denken. Ümal Nurbekoglu ging zu Boden, und seine Kumpane taten nichts, um diese Schandtat zu rächen. Sie sahen Dr. Stern ausdruckslos hinterher, wie der, als wäre nichts weiter passiert, durch die Unterführung zu seinem ICE nach Berlin eilte. Als sich der Zug nach dreißig endlos langen Sekunden in Bewegung setzte, schwenkte Stern beide Hände in der Luft und stieß einen Triumphschrei aus.

14

Sie seien, sagte der Mann, Robert, für die nächste Amateur-Stadtmeisterschaft in lateinamerikanischen Tänzen qualifiziert.

»Schön. Gratuliere. Und von mir wollen Sie was genau?« Janine begutachtete das Paar, beide etwa fünfunddreißig – dergleichen ältliche Kundschaft hatte noch nie auf ihrer Matte gestanden.

»Wir wollen«, sagte Maschjonka Pfennig, »von Ihnen lernen. In der Begründung der Jury hieß es, wir hätten ein Gefühl für Präzision und Rhythmus, es würde uns allein noch ein wenig an Anmut fehlen.«

»Ich unterrichte klassisches Ballett. Und zeitgenössischen Ausdruckstanz. Mit lateinischen Standardtänzen hab ich nichts am Hut.«

»Mag sein, aber es geht doch im Grunde um Bewegungsabläufe. Und Anmut. Wir wirken hier und da vielleicht ein bißchen... zackig. Das kommt vielleicht, weil Robert – nun, wir haben da eine lange Diskussion gehabt –, weil er vielleicht unterbewußt ein wenig Angst hat, *schwul* rüberzukommen, was ich persönlich weit hergeholt finde.«

Robert sah leicht genervt an die Decke, unterbrach seine Frau aber nicht.

»Jedenfalls wollten wir mal eine dritte Meinung einholen, von jemandem, der sich in Sachen *Anmut* professionell auskennt und uns ein paar Tips geben kann. Der einen anderen Blick auf uns hat.«

»Was habtn ihr euch dabei gedacht? Ihr Arschlöcher!« Ümal betatschte seinen Kiefer, er stampfte auf den Boden, war wütend und enttäuscht. Seine Freunde gerieten in Erklärungsnot. »Das ging so schnell«, murmelte einer, ein anderer meinte, der Kerl habe nach Ärger ausgesehen, und der Bahnhofsvorplatz werde sicher videoüberwacht.

Allen war unwohl, weit über den Moment hinaus. Sie standen noch eine Weile rum und setzten zu unbeholfenen Diskussionen darüber an, was genau und warum geschehen war. Und obwohl sie ahnten, daß etwas geschehen war, das nicht so leicht aus der Welt zu schaffen sein würde, thematisierten sie genau das nicht, redeten nur über die quasi technischen Aspekte des Vorfalls. Ein Gefühl der Scham senkte sich auf alle, was dazu führte, daß sie noch eine zweite Weile herumstanden, diesmal schweigend, bevor sie wie auf ein geheimes Signal hin auseinandergingen, Ümal nach links, seine ehemaligen Freunde nach rechts.

Johnny hatte seine Mittagspause nach hinten verlegt und lauerte Swentja an ihrer Schule auf, der Robert-Baum-Oberschule, deren neunte Klassenstufe sie besuchte. Seit über sechsunddreißig Stunden hatte sie keine seiner SMS beantwortet. Er war von der natürlichsten Erklärung ausgegangen, daß sie tot sein oder im Koma liegen mußte, und wenn er jetzt hier vor dem Haupteingang ihres Gymnasiums stand, dann einzig in der letzten, verzweifelten Hoffnung, daß vielleicht nur ihr Handy den Geist aufgegeben hatte. Als Swentja endlich durch das Tor trat, ächzte er laut, fiel auf die Knie und stammelte ein Gebet. Swentja traute ihren Augen nicht. Das Benehmen ihres *Lovers*, oder wie immer man ihn nennen sollte, war mit dem Wort *peinlich* nicht mal annähernd zu beschreiben. Beinahe wäre sie wortlos an ihm vorbeigehetzt, hätte ihn durch demonstrative Nichtbeachtung gestraft, aber er hätte ihr vielleicht nachgerufen oder sonst irgendwie auf sich aufmerksam – und damit nur alles noch schlimmer gemacht.

»Was willst du?«

»Ich dachte, du bist tot, Swentja. Nein, du lebst!«

»Kannst du bitte mal aufstehen?«

Johnny erfüllte ihr die Bitte sehr gern, seine Knie schmerzten, und das Straßenpflaster war feucht und schmutzig.

»Es ist aus zwischen uns.«

»Was?«

»Was da immer war, Johnny! Ich weiß nicht mal genau, was da eigentlich war. Wir beide passen nicht zusammen, siehs ein.«

Johnny begriff nicht. Ihre Worte trafen ihn wie Faustschläge. Das war nicht sie, nicht seine Swentja, er weigerte sich zu begreifen, oder gar zu akzeptieren, was sie da sagte. Diese schrecklichen, grausamen Worte konnten einfach nicht aus *ihrem* Mund kommen. Der Teufel mußte von Swentja Besitz ergriffen haben.

»Nimms leicht.« Sie seufzte bedauernd, was Johnny für eine erstaunlich menschliche Regung des Teufels hielt, unglaublich raffiniert. Er bekam eine ungefähre Ahnung vom Ausmaß des Bösen, das ihm hier entgegentrat.

»Machs gut!« Sagte sie.

Er hörte im Hintergrund Luzifer lachen. Das arme Mädchen. Johnny fühlte sich kotzübel. Nach einer abscheulich langen Phase wehr- und planlosen Entsetzens geriet Bewegung ins Räderwerk seines Denkens. Es hatte wenig Sinn, mit Luzifer zu debattieren. Der gefallene schwarze Engel war (warum eigentlich, allmächtiger Gott?) mächtig und brutal, und er nur ein junger Mann, dem nichts zur Verfügung stand als seine bedingungslose, zu jedem Opfer bereite Liebe.

Swentja lief fort, mit dem hohnlachenden Teufel auf ihren Schultern, der sie peitschte und beflüsterte, zur Bushaltestelle. Erschütternd.

Janine dachte nach. Sie hatte ihre depressiven Phasen, während derer sie regelmäßig überhastete Entscheidungen traf. Andererseits war sie inzwischen alt genug, um jene Überhastung reflektiert einzukalkulieren, somit abzuschwächen. Die Pfennigs passten ihr dennoch nicht ins Weltbild.

Schlimm genug, daß Janine selbst nicht mehr schöpferisch tätig werden konnte. Sie unterrichtete junge Nachwuchskräfte, in der Hoffnung, daß aus irgendeinem jener Pflänzchen künftig etwas Großes erwachsen würde, unwahrscheinlich genug, aber immerhin theoretisch möglich. Janine fand es unter ihrer Würde, die Pfennigs überhaupt nur zu begutachten. Mit knappen Worten wies sie auf ihren vollen Terminkalender hin und geleitete das Paar ohne weitere Erklärungen zur Tür. Ein kurzer Wortwechsel war nicht zu vermeiden. Danach bekam Janine ein schlechtes Gewissen. Sie fuhr sich mehrmals wild durchs Haar, rieb ihre Hände gegeneinander und schmiß das schlechte Gewissen, mitsamt der schlecht gewordenen Wurst aus dem Kühlschrank, in den Müll.

15

Thomas Stern war mit seiner Frau Sarah nun seit fast zwanzig Jahren verheiratet und stolz darauf, vor ihr keine großen Geheimnisse haben zu müssen. Er erzählte ihr nicht alles, denn vieles wollte sie gar nicht genau wissen. Hätte sie ihn aber je danach gefragt, hätte er bereitwillig Auskunft gegeben, schon allein aus Stolz, weil er sein Leben für beispielhaft durchorganisiert hielt. Thomas und Sarah Stern schliefen nicht mehr miteinander, gingen sonst aber liebevoll miteinander um. Sarah war an Sex nicht weiter interessiert und zeigte Verständnis, wenn ihr Gatte sich das, was er für nötig hielt, woanders besorgte. Sie wußte, daß sie ihm vertrauen konnte, daß sie mit Thomas alt werden würde, auch wenn manche von Sarahs Freundinnen ihr hin und wieder rieten, in solchen Dingen bloß nicht zu naiv und sorglos zu sein. Sie wußte, daß es Carla gab, daß sie gut aussah, er hatte ihr mal ein Foto gezeigt. Daß sie gut im Bett war, hatte er vage angedeutet, ebenso, daß sie nett war und keinen Exklusivanspruch auf ihn geltend machen würde.

Manchmal fragte sich Sarah zwar, worum es jener Carla bei der Liaison denn ging, ob nur um Sex oder um ein schnelles Fortkommen im Beruf – aber es konnte ihr im Grunde egal sein. Diese Frau gab ihm etwas, das er brauchte, und damit war das okay.

Thomas litt, Sarah durchschaute ihn besser als er sich selbst, an einer typischen, durch Erotik notdürftig übertünchten Midlife-Crisis. Insgeheim glaubte er, beruflich nicht dort gelandet zu sein, wo sein Herz ihn ursprünglich hinbestimmt hatte, glaubte, den Weg des geringsten Widerstands gegangen zu sein und seine Grenzen nicht genügend ausgelotet zu haben. Alberne Wohlstandswehwehchen. Sarah war einigermaßen zufrieden mit sich. Sowohl sie selbst wie auch Thomas hatten sich relativ früh gegen Kinder entschieden, was Sarah in seltenen Momenten bereute, meistens aber nicht, dann war sie froh um ihr Leben in versorgtem Müßiggang. Denn sie konnte sich ganz gut mit sich selbst beschäftigen.

»Ich habe heute einem Menschen meine Faust ins Gesicht geschlagen.«

»Wie bitte?«

»Es war enorme Überwindung nötig – aber es war nötig. Sonst hätten die mich in die Mangel genommen. Ein halbes Dutzend junger Türken. Ich bin da durch wie Moses durchs Rote Meer, und danach, ich kann dir sagen, als der Zug anfuhr – da gabs ein Feuerwerk im Gehirn, einen Triumphmarsch, fast faschistoid in seinem Pathos.«

Thomas mußte nun die Geschichte ganz genau erzählen, aber irgendwie erzählte er sie so, daß Sarah sich nicht ebenso wie er dafür begeistern konnte.

»Du hast extrem – aber wirklich extrem – viel Glück gehabt. Mach das bitte nicht noch mal!«

»Ja. Du hast recht. Aber weißt du, wie soll ich sagen – ich hab, wie du richtig sagst, Glück gehabt. Und Glück empfunden. Das war groß. Das Glück resultierte daraus, einfach was getan zu haben, resolut *getan* zu haben, ohne Wenn und Aber, und damit davongekommen zu sein. Ich war ein glücklicher Neandertaler, als ich zuschlug. Ich hab keine Schubladen bedient, keine Rollenmuster, ich war nicht ich selbst, ich war jemand, der früher, ganz früher einmal in mir gewohnt hat. Ich fühlte mich wie zwanzig, mit allen Möglichkeiten, die einem da noch offenstehen. Unbeschreiblich. Danach wurde ich fast traurig.«

Sarah nahm Thomas in die Arme. Sie dachte von sich selbst, daß sie ihr Alter (sie war vierzig) und alle damit zu bewältigenden Eitelkeiten langsam in den Griff bekam. Wenn auch nur mit Hilfe eines Gewehrs. Davon Thomas zu erzählen nahm sie sich oft vor. Jetzt, ganz klar, wäre ein guter Moment dafür gewesen, aber sie ließ ihn ungenutzt verstreichen und fragte: »Du würdest doch nicht ernsthaft noch mal zwanzig sein wollen?«

»Nein, Gott bewahre, aber… ach… vierunddreißig wär ich schon gern wieder.«

Sarah lächelte. Im selben Augenblick durchzuckte sie ein Anfall fast panischer Furcht. Sie malte sich aus, was geschehen wäre, hätten die Jugendlichen zurückgeschlagen. Und so, als sei die Sache längst noch nicht abgehakt und ausgestanden, begann sie bei der Vorstellung zu zittern. Sarah kaschierte ihre Gefühle mit der dahingeplauderten Frage, ob Carla ihn auch gut behandle.

»Wie meinst du das?«

»Ach, vergiß es.«

»Nein, sag schon!«

»Naja, ich gönn sie dir, aber…«

»Aber was?«

»Ich hab Angst, daß du dich ihr gegenüber ständig beweisen mußt. Sie ist ein Dutzend Jahre jünger als du, ist Kickboxerin, durchtrainiert und… und ich glaube, daß du dich in Berlin nicht so waghalsig verhalten hättest. So blödsinnig. Verantwortungslos.«

»Carla war gar nicht dabei.«

»Das spielt keine Rolle! Das macht es nur noch schlimmer!«

Thomas Stern sah seiner Frau in die Augen. Sie hatte recht. Er mußte aufpassen, daß er die stillschweigenden Verträge, die zwischen ihnen existierten, nicht verletzte. Selbstverständlich war er stets bestrebt, auf Carla Eindruck zu machen, er wußte selber, wie leicht dergleichen gockelhaft und peinlich werden konnte. Er hatte sich in Gefahr begeben, ohne auf Sarah Rücksicht zu nehmen. Andererseits – wer konnte wissen, was geschehen wäre, wenn er sich anders entschieden hätte? So viele Konjunktive.

»Gut. Ich sehs ein. Tut mir leid.«

»Du hättest sofort nach der Polizei rufen müssen! Auf dem Bahnhofsvorplatz sind die doch in nullkommanix vor Ort! Aber das hätte sich ja mit deinem Stolz nicht vertragen.«

»Ja. Ja. Verzeih mir.«

Sarah nickte und drückte mit einer winzigen Handbewegung aus, daß die Angelegenheit damit vom Tisch war. Für solche Gesten liebte Thomas Stern seine Frau noch etwas mehr, als er es ohnehin schon tat.

Swentja traf Mahmud in einem Café am Südstern. Mahmud schlug vor, zusammen auf die Toilette zu gehen, was Swentja entrüstet ablehnte. Mahmud warf ihr vor, an dem Deal nicht ernsthaft interessiert zu sein, er wolle nicht länger seine Zeit mit ihr verplempern, nannte sie verklemmt und seiner nicht würdig. Es gebe, blaffte er, viel hübschere Mädchen, die sich nicht derart zieren würden.

Swentja blieb die Spucke weg. Niemand hatte sie je in ähnlicher Weise beleidigt. Und doch, seltsam genug, fühlte sie sich von dem jungen Araber gerade deshalb angezogen. Was sie natürlich nicht zugeben konnte. Stattdessen nannte sie Mahmud einen Schlappschwanz, einen stillosen kleinen Stinkekanaken, woraufhin der wutentbrannt das Lokal verließ und sogar vergaß, seinen Tee zu bezahlen. Swentja überlegte, die Zeche zu prellen, aber schließlich fehlte ihr der Mut dazu. Sie bezahlte Mahmuds Tee und ging nach Hause. Johnny hatte ihr eine neue SMS geschrieben.

ICH LIEBE DICH. JESUS LIEBT DICH AUCH.

Sie schrieb zurück: WILL ER EINEN DREIER MACHEN?

Spätestens, als er diesen Satz las, wußte Johnny mit endgültiger Gewißheit, daß seine einstmals künftige Frau den Dämon der Hölle auf der Schulter sitzen hatte. Er war versucht, sich seinen Eltern anzuvertrauen, so unaussprechlich waren seine Qualen geworden. Die Eltern hätten Verständnis gezeigt, ihm im Endeffekt aber nicht geholfen, sie hätten ihm sicher geraten, sich in ein oder zwei Jahren eine Freundin aus der eigenen Gemeinde zu suchen. Darauf würde alles hinauslaufen. Aber galt es nicht vielmehr, Gott zu jenen zu tragen, die seiner bedurften?

16

Gott zu jenen tragen, die ihn ablehnten, war aber auch aufdringlich.

Mahmud las im Internet die Haßpredigt eines syrischen Imams, der kaum verklausuliert dazu aufforderte, alle Nichtgläubigen zu töten, denn sie seien Allah ungefällig und ein Schmerz im Auge. Er wandte sich an Faisal, seinen vier Jahre älteren Bruder, fragte den, wieso Allah eigentlich soviele Ungläubige erschaffen habe, die man erst töten müsse. Da hätte sich Allah ja wohl auch einen Arbeitsschritt ersparen können, wenn er gleich nur Gläubige in die Welt gesetzt hätte. Und wie könne etwas, das Allah offensichtlich zugelassen habe, ihm denn ein Schmerz im Auge sein? Wer wisse das so genau?

Faisal meinte, das sei zwar vordergründig ein interessanter Gedanke, aber Mahmud sei zu unreif, das innere Wesen des Islam zu verstehen. Allah gehe nie den einfachen Weg, ihm sei daran gelegen, die Menschen zu prüfen, vor Entscheidungen zu stellen, auf daß sie sich aus ganzem Herzen heraus, in bewußter Hinwendung zur wahren Lehre über die gewöhnlichen Kreaturen erhöben und eine Ekstase verspürten, eine Herzenswärme. Faisal erklärte, daß Allah vor den Erfolg den Einsatz gestellt hatte, daß dieses Leben kein Honigschlecken, sondern eine Prüfung sei, eine Bewährungsprobe, ein Kampf. Ansonsten es ja eine recht langweilige Angelegenheit wäre und dem Individuum nur die Rolle eines zufrieden blökenden Schafes zukäme. Allah wolle aber keine dummen Schafe, frei von Verantwortung.

»Allah will, daß du handelst. Position beziehst. Dich bewußt und in eigener Entscheidung ein für allemal abgrenzt von allem Übel, das dich umgibt.«

Faisal, obwohl er Vollbart und Turban trug, war nicht etwa der Typ, der Selbstmordattentate guthieß. An die Legende von den zweiundsiebzig Jungfrauen, die man danach besitzen durfte, konnten nur Vollidioten glauben. Blut zu vergießen war nicht Allahs Weg. Menschen zu töten, nur weil sie falsch erzogen waren, kam natürlich nicht in Frage, egal, was dieser syrische Spinner da äußerte. Faisal konnte es nicht leiden, wenn sein kleiner Bruder ihn mit derlei Extremistenkram aufzog, und wenn es auch ein paar Passagen im Koran gab, die gewaltbereit klangen, war deren Wortlaut eben dem Geist ihrer Entstehungszeit geschuldet, solche Sätze mußten, und da war Faisal fast fortschrittlich, neu übertragen oder zeitgemäß interpretiert werden. Seiner Ansicht nach mußte der Islam seinen Weg sanft, aber bestimmt gehen, hilfreich und erhellend, gradewegs durch die Herzen der Menschen. Für ihn war klar, daß am Ende der Geschichte die gesamte Menschheit den einen Gott, Allah, anbeten würde. Die einzig denkbare Alternative war ja, daß die Menschheit dem Hedonismus, dem Atheismus und schließlich dem narzißtischen Wahnsinn verfiele. Sein jüngerer Bruder konnte von jenen Problemen noch keine Vorstellung haben, also war es in Ordnung, wenn er manchmal provokante Fragen stellte. Man mußte Geduld mit ihm haben. Und Respekt vor seinen Zweifeln.

Am Ende der langen Debatte schrieb Mahmud Swentja eine

SMS: STELL DICH DOCH NICHT SO DOOF AN. DU WILLST ES DOCH AUCH.

Maschjonka und Robert Pfennig stritten nicht oft. Heute schien es unumgänglich.

»Was sollte das denn heißen, ich hätte Angst, schwul zu wirken? Was willst du damit sagen? Und vor völlig Fremden? Die blöde Fotze hielt sich für was Besseres, gut, soll sie. Du hättest sie nicht darum bitten müssen, es sich noch mal zu überlegen, wer sind wir denn?«

»Sie ist eine Koryphäe, Robert.«

»Eine verbitterte, in ihrem Beruf gescheiterte Krähe ist sie, und ich mag es nun mal nicht, wenn du vor so einer den Kotau machst und drum bettelst, daß wir ihr unser Geld nachwerfen dürfen. Ist unter meiner und deiner Würde. Herrgott, du hast dich ja bei ihr für mich entschuldigt! Nur weil ich ihr gesagt hab, worin ihr Problem besteht.«

»Du hast sie beleidigt, und das macht man nicht.«

»Sie hat uns abgelehnt, und ich hab sie abgelehnt. Das ist keine Beleidigung.«

»Du hast sie eine arrogante Ziege genannt.«

»Ist sie das denn nicht?«

GUT. TREFFEN WIR UNS IM C&A IN NEUKÖLLN. MORGEN UM ZWEI.

Swentja hörte im Nebenzimmer ihre Eltern streiten. Worum es genau ging, wußte sie nicht, es war ihr auch egal. Sonja kam aus ihrem Zimmer, begehrte von beiden Elternteilen gestreichelt zu werden, prompt hielten die den Mund und stritten nicht mehr. Swentja fand zum Kotzen, wie sie sich, des lieben Kleinkinds wegen, verbogen. Wie sie der Fünfjährigen eine heile Welt vorgaukelten. Nein, diese Welt war nicht heil. Swentja hatte sich im Verdacht, verliebt zu sein. In einen Stinkekanaken. Wem konnte sie davon erzählen? Marlene vielleicht. Aber auch nur nach einer oder besser zwei Flaschen Bier.

Abends traf sich Janine mit einem Mann, der sich *Brandbeschleuniger* nannte, zum Essen in der Kreuzberger *Osteria Numero Uno*. Die beiden hatten sich bei einer Internet-Partnervermittlungsbörse kennengelernt, ein paarmal gechattet, einige Mails und SMS getauscht und relativ schnell ein Treffen beschlossen. *Brandbeschleuniger* stellte sich als Uwe vor, ohne einen Nachnamen zu nennen. Janine, deren Alias *Tanzkatze* lautete, gab sich als *Kim* aus. Warum ihr dieser Name besser gefiel als ihr eigener, hätte sie nicht sinnvoll begründen können, hauptsächlich ging es ihr darum, in eine neue Rolle zu schlüpfen, in ein neues Leben, dazu gehörte ein neuer Name.

Außerdem hatte sie, unvorsichtigerweise, in einer der Mails erwähnt, von Beruf Tänzerin zu sein und aus Hessen zu stammen. Bei einer Google-Suche nach den Begriffen »Tänzerin«, »Hessen« und »Janine« wäre ein findiger Mensch ziemlich schnell auf diverse Zeitungsartikel gestoßen, die zuviele Informationen über ihre Karriere preisgegeben hätten.

Daß Uwe ›in echt‹ fast genauso aussah wie auf seinem Foto im Netz, wußte Janine nicht sonderlich zu würdigen, denn ihr fehlten die nötigen negativen Erfahrungen, um sich über etwas, das sie für selbstverständlich hielt, zu freuen. Sie hatte nie zuvor auf virtuellem Weg ein Date vereinbart, empfand die Situation als dementsprechend aufregend und recht angenehm. Uwe begann die Konversation mit der Bemerkung, er würde sie gerne, wenn sie nichts dagegen habe, einladen, es wäre ihm ein großes Vergnügen. Janine gönnte ihm dieses Vergnügen, ohne Skrupel.

Ihr letzter Freund, ein bisexueller Bildhauer, ständig pleite, war in Darmstadt geblieben, hatte Janines Umzug zum Anlaß genommen, die Beziehung zu beenden, seither hatte sie über eine neue Beziehung kaum nachgedacht, spürte aber das dringende Bedürfnis, mal wieder neben einer Morgenlatte aufzuwachen, von kräftigen Händen gepackt und auf den Bauch gedreht zu werden. Uwe war um die dreißig, beinahe zwei Meter groß, schlank und sportlich, roch dezent parfümiert und trug einen etwas spießigen, aber frisch gereinigten Businessanzug. Janine hatte bei ihrem Geburtsjahr ein wenig geschwindelt, hatte sich vier Jahre jünger gemacht. Ansonsten war sie mit vollem Selbstbewußtsein zum Treffen erschienen; ihr Körper, topfit, konnte kaum beanstandet werden, bis auf die kleinen Brüste vielleicht, aber Uwe äußerte spontan, daß er von ihrem Anblick über die Maßen entzückt sei. Er schien, wie sich im Laufe des Gesprächs herausstellte, schon etliche Treffen dieser Art hinter sich gebracht zu haben – nicht immer zu seiner Zufriedenheit. Hier und heute aber sei der Grundstein zu einer wirklich interessanten Begegnung gelegt. Sagte er und bestellte den Loup de Mer, das teuerste Gericht der Karte. Janine hatte sich für ein eher sparsames Decolleté entschieden und einen Push-Up-BH. Sie unterhielten sich über Lieblingsfilme, aber Janine fielen zu wenige ein, sie ging selten ins Kino.

»Du sagtest, du bist Tänzerin?«

»Ja. Naja. Nicht mehr aktiv. Ich unterrichte jetzt. Und du?«

»Bin Marktleiter. Rauchst du?«

»Nein.«

»Das ist gut. Man sieht deiner porentief reinen Haut an, daß du nicht rauchst.«

»Was für einen Markt leitest du denn?«

»Ganz unspektakulär. Lebensmittel. Bei Karstadt.«

17

SAMSTAG

Der C&A an der Karl-Marx-Straße in Neukölln war ein etwas vager Treffpunkt gewesen, aber zielstrebig, als hätte gar nichts anderes gemeint sein können, trafen sie sich in der Jeans-Abteilung im zweiten Stock. Mahmud grinste verdruckst. Swentja begann das Gespräch mit dem Satz:

»Ich müßte echt sauer sein auf dich!«

»Du? Auf mich? Wieso?«

»Du hast gesagt, es gibt viel hübschere Mädchen als mich.«

»Sorry.«

»Nein, du hast ja recht, es gibt hübschere Mädchen als mich. Nur, was mich interessiert – warum hast du dann mich gefragt?«

»Bei dir hab ich den Mut gehabt zu fragen.«

»Du meinst, weil ich so häßlich bin, hast du dir Chancen ausgerechnet?«

»Nee, du bist nicht häßlich. Aber was solls, ich will dich ja nur lecken, nicht heiraten. Und deine Musch kenn ich ja noch nicht.«

Swentja spürte, daß sie rot wurde, aber Mahmuds lockerer Ton gefiel ihr.

»Bis eben war ich mit nem Typen zusammen, der *wollte* mich heiraten. Frag nicht.«

»Is ja keine Talkshow hier. Gehn wir in die Kabine?«

»Hast du das Geld?«

»Wieso Geld? Du willst es doch auch.«

»Das hast du gesagt. *Ich* hab das nicht gesagt.«

Der junge Araber starrte sie an, tat überrascht, runzelte die Stirn und zuckte mit den Achseln.

»Na, dann lassen wirs. Ich hab nicht so viel Kohle bei.«

Swentja runzelte nun ebenfalls die Stirn und verfiel ins Grübeln. Mahmud hatte schon recht, sie wollte es auch – aber vorrangig ging es jetzt ums Prinzip. Man durfte den Kerlen nicht entgegenkommen. Gerade am Anfang nicht. Sagten alle.

»Gut, lassen wirs.«

»Okay.« Mahmud drehte sich um, warf ein imaginäres Etwas in die Luft und ging. Langsam, in diesem behäbig-breiten Macho-Gang, aber er ging, er entfernte sich kontinuierlich, ohne Blick zurück.

Mahmud glaubte, Swentja würde ihn sicher unter irgendeinem Vorwand zu sich rufen. Ganz gewiß. Gleich würde es soweit sein. Gleich. Jetzt. Nur noch wenige Schritte trennten ihn von der Rolltreppe nach unten. Noch drei. Noch zwei. Einer. Sie rief ihn einfach nicht zurück. Und seine gespielte Gleichgültigkeit wich blanker Wut.

Er drehte sich auf der ersten Stufe der Rolltreppe nach ihr um und zischte: »Du geldgeile Fotze!« Aber Swentja war nirgends zu sehen.

Wahrscheinlich holt sie sich in einer der Umkleidekabinen gerade einen runter, dachte Mahmud und ballte seine Finger zu Fäusten. Warum, dachte er, sind Frauen bloß so?

Swentja saß derweil in einer der Umkleidekabinen, weinte und wiederholte, leise vor sich hin murmelnd, immer wieder das Wort *Arschloch.*

Janine wachte auf. Es war halb drei Uhr am Nachmittag. In einer halben Stunde würde die erste Schülerin kommen. Janine sprang aus dem Bett. Es blieb kaum noch Zeit, Kaffee zu machen.

Ihr fiel Uwe erst ein, als sie auf dem Küchentisch einen Zettel liegen sah.

MUSS LEIDER ZUR ARBEIT. WAR EINE TOLLE NACHT. GERNE MAL WIEDER. KUSS VOM BRANDBESCHLEUNIGER.

Sie waren nach dem Essen noch in einer Bar gewesen, hatten jeder zwei Hemingways getrunken, hatten danach im Viktoriapark geknutscht und gegrabscht, danach bei ihr zu Hause bis fünf Uhr morgens gevögelt wie die letzten Menschen auf der Welt. Er könne mit Kondom erst nach Stunden kommen, hatte Uwe behauptet – und nichts als die Wahrheit gesagt.

Er mußte sich nach zwei Stunden Schlaf leise davongestohlen haben. Ein perfekter Abgang. Nichts hätte Janine mehr gehaßt, als mit verschmierter Schminke für irgendwen ein auch noch so provisorisches Frühstück zubereiten zu müssen.

Sie ging unter die Dusche, und ein wenig tat es ihr leid, Uwes Geruchsreste von ihrer Haut zu waschen. Sie fühlte sich gut und ausgefüllt, begehrt und genommen.

Sie spülte ihren Mund mit heißem Wasser aus, und ihr fiel ein, welch privilegiertes Leben es bedeutete, seine Schüler auf den Nachmittag legen zu können. Nach und nach fiel ihr immer mehr ein. Beispielsweise, daß sie eine attraktive Frau war und jederzeit, wann immer sie wollte, Sex mit relativ passablen Männern haben konnte. Uwe blieb, als sie über ihn nachdachte, ein Lustobjekt, ein gut gebauter, beinahe unbehaarter Mann, mit einem ästhetischen Penis, den sie gerne behalten hätte. Aber der Mensch, der an diesem Penis hing, übte einen langweiligen, unkreativen Beruf aus, kam von daher als Partner nicht ernsthaft in Frage, auch wenn sie sich eigentlich ganz gut unterhalten hatten. Janine hatte sich, genaugenommen, noch nie mit jemandem länger unterhalten, dessen Branche so fernab ihrer eigenen lag.

Es klingelte. Vor der Tür stand Vivien, ein einundzwanzig Jahre junges, leicht magersüchtiges Mädchen, das sich eine große Karriere erträumte, wobei sie nur noch nicht wußte, als was genau. Mit einundzwanzig war es dafür schon beinahe zu spät.

»Hallo, Janine.«

»Hallo, Viv. Darf ich dir mal ne Frage stellen?«

»Klar.«

»Weißt du, was Wurstabschnitte sind?«

18

Eine Pennmöglichkeit? Ja wie?

Ob sie eine Pennmöglichkeit für ihn hätten, er sei frisch angekommen und teamfähig.

Die Punks am U-Bahnhof Wittenbergplatz reagierten gereizt. Soviele Wohlstandspseudos strömten aus der Provinz in die Stadt. Klar, allen mußte geholfen werden, das war okay und ungeschriebenes Gesetz, aber der hier tat, als könne Solidarität eingefordert werden. Von derlei Trittbrettfahrern gab es genug. Der Kerl stellte sich als Holger vor, er habe eben noch mal seine Alten in Bielefeld abgeerntet und sei bereit, einen Kasten Oettinger springen zu lassen. Die autochthonen Punks beäugten ihn mißtrauisch, Oettinger hin oder her. Sibylle, eine Blasse mit Ratte auf dem Kopf, fragte ihn, weswegen er weiße Nike-Sneakers an den Füßen trug. Holger entgegnete, die habe er im Zug wem geklaut, sonem Anzugmenschen, sie hätten gepasst, haha, der Anzugmensch habe den Bahnhof in Strümpfen betreten müssen.

Dagegen war nun wirklich wenig einzuwenden. Holger würde gegen Abend seine Pennmöglichkeit bekommen, auch wenn die anderen deswegen enger zusammenrücken mußten. Holger machte Geld locker, und bald tranken alle das billige, aber gar nicht üble Oettinger-Bier, und scheiß auf den Rest. Sibylle sagte

Prost. Stiefel, der Älteste und Stärkste, kniff Holger in die Wange. »Gehste mit Kühe fisten?«

»Kühe fisten? Wo kann man denn hier Kühe fisten?«

»Na, in der Kuhfistenstraße!«

Schon auf diesem Niveau konnte man alle in der Truppe zum Lachen bringen. Die Welt war lustig, überall dort, wo es das, wie Stiefel es nannte, Oettinger-Lachen gab.

»Wurstabschnitte?«

»Ich hab gestern mit jemandem geredet, der hat dieses Wort benutzt, und ich wußte nicht, was er meinte.«

»Ja, das sind die Enden von Würsten, die vom Metzger weggeschnitten werden, weil sie optisch nicht so viel hermachen, warum?«

»Das hat er mir dann auch so erklärt. Ich kannte das Wort eben nicht.«

»Leute kaufen so was, die wenig Geld haben.«

Janine nickte und legte dem Mädchen eine Hand auf die Schulter.

»Ja. Hör mal, Viv, ich muß dir was sagen.«

»Ja?«

»Stammst du aus einem wohlhabenden Elternhaus?«

»Ich? Nö. Kann man nicht sagen. Vielleicht haben meine Alten inzwischen im Lotto gewonnen, dann wüßt ich es nicht. Warum?«

»Ich mag dich. Du hast absolut kein Talent zur Tänzerin. Das hier ist rausgeschmissenes Geld. Behalt es lieber und kauf dir was zu essen. Sicher hast du etliche Talente, aber Tanzen gehört definitiv nicht dazu. Tut mir leid, wenn das jetzt hart klingt, aber es ist ehrlich und zu deinem Besten.«

Johnny hatte lange zu Gott gebetet. Was war, wenn es den, zu dem er da betete, gar nicht gab?

Nein, ohne Gott schien ihm das Leben unerträglich. Gott existierte, einfach schon deshalb, weil er notwendig war. Sobald er dies aber dachte, begriff Johnny, daß er einem menschlichen Bedürfnis hinterherdachte. Was, wenn Gott nur existierte, weil er gebraucht wurde? Existierte er auch für jemanden, der ihn nicht nötig hatte? Es gab offensichtlich Menschen, die ohne ihn zurechtkamen. Würden die wirklich nach dem Tod in die Hölle stürzen? Oder wäre ihr Leben dann einfach nur beendet, für immer? Auch, wenn sie in ihrem gottlosen Leben niemandem etwas zuleide getan hatten? Wenn sie gelebt hatten, als gäbe es einen Gott, aber ohne Bewußtsein seiner Existenz? Johnny zitterte. Warum war ausgerechnet seine Kirche die einzig wahre? Die anderen Kirchen und Religionen behaupteten das doch auch. Alle verehrten einen, ihren Gott – und sollten doch in der großen Mehrzahl zur Hölle fahren? Was war das für ein Gott, der nicht deutlich, durch klare Zeichen, erklärte, welche Fraktion er bevorzugte. Er hätte seinen Vater fragen können, der hätte sicher auf alles eine Antwort gewußt. Wie er immer auf alles eine Antwort gewußt hatte. Eigentlich war es Johnny schon lange seltsam vorgekommen, daß sein Vater so viel wußte. Warum spielte er dann nicht mal bei *Wer wird Millionär* mit, um die Kirchenkasse mit Geld zu füllen? Das war die einzige nichtreligiöse Sendung, die zu Hause manchmal geguckt wurde. Und sein Vater hatte mit seinen Antworten oft nicht richtig gelegen. Natürlich, er war spezialisiert auf Gott, irdische Themen fand er banal. Johnny hatte auf sein Geheiß hin nach dem Hauptschulabschluß eine Schreinerlehre begonnen. Das sei ein bodenständiges Handwerk. Er habe zwar wenig Grips, aber geschickte Hände, damit könne er eine Familie immer durchbringen. Hatte sein Vater gesagt. Und es sicher gut gemeint.

Johnny spürte eine Verhärtung, als er an Swentja dachte. Konnte nicht einschlafen. Zuviele Gedanken strömten auf ihn ein. Er legte Hand an sich. Sollten seine Eltern sagen, was sie wollten, es konnte nicht schlimm sein, dieses Gift, das ihn so sehr quälte, abzuzapfen, loszuwerden. Es würde davon sicher noch genügend übrig sein, wenn es denn jemals den heiligen Zweck der Zeugung erfüllen sollte.

19

Sibylle hatte auf der Schulter eine schüchterne Ratte namens Chrissie hocken, die ihr, wenn sie Angst bekam, unter den Pullover kroch. Sibylle fror selbst im Sommer, und wenn sie schwitzte, umgab sie ein leichter Benzingeruch, was sich niemand erklären konnte, aber viele mochten das und fanden es schade, daß sie damit nicht im Fernsehen auftreten könne. Aus ihrem schwarzen Haar stand ein Pferdeschwänzchen ab, sie trug ein Lippen- und ein Nasenpiercing, eine Buddy-Holly-Hornbrille und schwere Fallschirmspringerstiefel. Des weiteren schwarze Strumpfhosen mit etlichen Laufmaschen und einen kurzen schwarz-roten Schottenrock. Und eine Motorradjacke mit etlichen Anti-Nazi-Buttons. Hübsch war sie nur bedingt.

Holger, dieser auf fiese Weise interessant aussehende Typ, hatte bei Kaisers einen Kasten Oettinger gekauft und den Nachmittag in ein Fest verwandelt. Sibylle wurde schnell betrunken. Am späten Abend, als es kaum noch Kontrollen gab, bestieg die Truppe die U-Bahn Richtung Alt-Mariendorf, dort stand ein aufgegebenes Haus fast ohne intakte Fenster, das seit Wochen ihr Unterschlupf war. Sie hatten es sich, so gut es ging, wohnlich gemacht, Matratzen vom Sperrmüll besorgt, es gab Kerzen und einen Campinggaskocher. Strom und fließend Wasser wären zu schön gewesen, beides gab es nicht, aber Schlafsäcke lagen rum, außen versifft, innen sehr gemütlich. Sibylle kämpfte gegen ihren Würgereiz an, sie hatte zuviel Bier getrunken und mußte ständig furzen. Mit sechzehn war sie von zu Hause weggelaufen, hatte seither fast ein Jahr auf der Straße zugebracht. Der Winter war überraschend hart gewesen. Hätte es nicht die Möglichkeit gegeben, hin und wieder bei bürgerlichen Autonomen auf deren Fußböden zu nächtigen, wäre sie ernsthaft in Lebensgefahr geraten. Manchmal, wenn ihr der rettende Weg in eine Spelunke der Innenstadt zu weit erschien, war sie in eine der Schrebergartenhütten zwischen Wannsee und Westkreuz eingebrochen. Diese Hütten waren oft sagenhaft mit Strom, Warmwasser und Spirituosen versorgt, reine Paradiese.

Holger fragte, ob er in ihren Schlafsack kriechen dürfe. Sie hatte keine Lust, gefickt zu werden, aber mit ihm würde es definitiv wärmer sein als ohne, deshalb gab sie ihr Okay. Sie spürte Holgers Erektion an ihrem Bauch, aber der Schlafsack ließ nicht viel Spielraum, und Sibylle schlief ein, ohne daß irgendwas passierte. Ihre Ratte, Chrissie, schnüffelte lange, konnte sich mit Holgers Gegenwart nicht so recht anfreunden, aber schließlich akzeptierte sie den Status Quo, bettete sich an Sibylles Hals und schlief auch.

Uwe, als Janine ihn frech und beschwipst drauf angesprochen hatte, welch langweiliges Leben er zu führen gezwungen sei, hatte sofort und vehement widersprochen. Überall, wo man mit Menschen zusammentreffe, ergäben sich interessante Einblicke. Neulich zum Beispiel, da sei ein Mann auf ihn losgegangen, habe ihn wild beschimpft, weil dies und das nicht vorrätig gewesen sei, Geschmackssorten von teuren Chips, die er wohl frei erfunden, die es wahrscheinlich nie gegeben habe. Man habe den randalierenden Mann vor die Tür setzen müssen. Daraufhin habe er, Uwe, sich Videos aus der Überwachungskamera kommen lassen und habe das Bild des Mannes einigen Verkäuferinnen gezeigt. Die hätten ihn prompt wiedererkannt. Nora von der Fischabteilung habe sich erinnert, daß der Mann immer Fischabschnitte bei ihr gekauft hätte, und Doris von der Fleischtheke erkannte ihn auch wieder. Der Typ habe immer nur abgepackte Wurstabschnitte mitgenommen. Janine hatte Uwe mit der Frage nicht unterbrechen wollen, was das denn sei – Wurstabschnitte –, damit die blöde Geschichte schneller rum war. Jedenfalls, erklärte Uwe, die Geschäftsleitung wolle nicht mehr, daß man Wurst- oder Fischabschnitte verkaufe, das sehe irgendwie schmuddelig aus, passe nicht mehr zum *New Style* des Karstadt-Lebensmittelmarktes. Ihm aber sei die Verzweiflung jenes Mannes ans Herz gegangen und er habe die Fachverkäuferinnen angewiesen, künftig wieder den gewachsenen Traditionen zu entsprechen. Danach habe er sich gut gefühlt, enorm gut, ja famos. Ihm sei zu Bewußtsein gekommen, daß beinahe jeder es in der Hand habe, im Kleinen etwas zu verändern, um das Leben der Mitmenschen günstiger zu gestalten. Pfeif auf die Geschäftsleitung, die ohnehin nie einen Blick auf die Verkaufsräume werfen würde.

Aha, hatte Janine gesagt und das Thema gewechselt.

Aber nun, im Abstand von einer Nacht, gefiel ihr die Geschichte besser und besser.

»Du wirst sehen, es gefällt dir!«

Thomas Stern hatte sich sehr mühsam überreden lassen, diesen Club zu besuchen. Letzten Endes nur aus Angst, vor Carla als ängstlich dazustehen, war er schließlich eingeknickt.

»Und was ist, wenn ich dort jemand treffe, den ich kenne?«

»Dann wird der genauso peinlich berührt sein wie du. Das gleicht sich aus. Wenn es einer deiner Bosse sein sollte, wärs sogar von Vorteil für dich.«

Carla argumentierte klug, das mußte man ihr lassen.

»Ich muß mich aber nicht ausziehen, oder?«

»Nein, das ist kein Swingerclub. Aber selbst im Swingerclub gilt: Alles kann, nichts muß. Du kannst, wenn du unbedingt willst, all deine Teile anbehalten.«

»Was ist es denn dann, wenn kein Swingerclub? Da wird doch gefickt, oder etwa nicht?«

»Da wird vieles. Vielleicht auch gefickt. Wir können uns aber ebensogut nur die Darbietungen ansehen und die Leute, und nett was an der Bar trinken.«

»Dafür zahlen wir 75 Euro Eintritt?«

»Jetzt sei mal nicht so knickrig.«

Stern grummelte. Aber er war auch neugierig. Carla war schon des öfteren in diesem Club gewesen, und Stern wollte selbstverständlich wissen, was da so abging, worauf sie abzielte oder hinauswollte. Er hatte ständig Angst, irgendeines ihrer Bedürfnisse zu verpassen und sie als Geliebte zu verlieren. Dabei hätte man gar nicht davon sprechen können, daß er in sie rettungslos verliebt war. Aber einen Hardbody wie den einer Vize-Kickbox-Landesmeisterin würde er so schnell nicht wieder ins Bett bekommen. Sarah, seiner Frau, hatte er gesagt, er müsse übers Wochenende noch mal nach Bielefeld, stattdessen stieg er nun die düstere Wendeltreppe in diesen Kreuzberger Club hinab. Nicht, daß er Sarah böswillig anlügen wollte – es ging mehr darum, auf ihre Gefühle Rücksicht zu nehmen. Irgendwann würde er Sarah bestimmt davon erzählen, doch wohldosiert, in kleinen Häppchen.

Ekki und Minnie sahen sich an. Für einen Moment. Wie so oft. Er saß heute da – und würde morgen da sitzen. Minnie stand da – und würde morgen da stehen. Sofern nicht einem von beiden etwas zustieß. Diese nicht zu unterschätzende Einsicht in eine unterschwellige Ordnung der Dinge beruhigte Ekki, der angetrunken war und gerne mit Minnie geplaudert hätte. Aber Samstagabend war zuviel los, der Laden ging gut, und das war schön, denn es sicherte Minnies Arbeitsplatz. Wovon auch Ekki was hatte. Sie würde ihm auch morgen und übermorgen noch das Bier an seinen Tisch bringen. Sofern ihr, wie gesagt, nicht irgendwas zustieß. Das Leben stößt immer wieder mal zu. Aber es hat genug zu tun und kann nicht überall sein.

»Darauf wolln wir einen trinken!« rief Ekki laut und hob sein Glas in Richtung Minnie.

Die lachte, weil sie dachte, daß Lachen angebracht sei. Lachen war eigentlich immer die passende Reaktion. Auf alles. Der arme Ekki schien ein Glas zuviel gehabt zu haben, er verschüttete was, als er trank. Minnie setzte sich kurz zu ihm. »Geh lieber mal nach Hause.«

»Ich muß dir doch«, lallte Ekki, »nochn Kaiser erzählen …«

»Morgen, Ekki, morgen. Heute ist Betrieb. Geh lieber mal heim.«

Leider hatte Ekki in den letzten Wochen seinen Bart ungehemmt sprießen lassen. Das machte ihn älter und gab seiner Erscheinung etwas Ungepflegtes. Vielleicht sollte sie ihm das bei Gelegenheit mal andeuten. Andererseits – er hätte es womöglich als Aufforderung mißverstanden, sich für sie aufzuhübschen. Womit seinerseits wohl ein paar Hoffnungen verbunden gewesen wären, die Minnie dann mühsam aus der Welt schaffen müßte.

20

SONNTAG

Thomas und Carla stiegen um zwei Uhr nachts die Wendeltreppe des Dark-Side-Clubs hinauf ins Freie, wo er sich erst mal eine Zigarette ansteckte und die Fülle des Gesehenen rekapitulieren und verdauen wollte.

»Ich wußte nicht, daß du so eine Drecksau bist, Carla.«

»Ach komm, hab dich nicht so. War doch lustig.«

»Ich fands alles andere als lustig.«

»Ja«, lachte Carla, »weil du verklemmt bist und bieder bis ins Knochenmark!« Ihr ging es grad ziemlich gut, und sie sah keinen Grund, das zu verbergen, nur weil Thomas verstört war, eifersüchtig, intolerant und rassistisch bis zum Penisneid.

Sibylle erwachte, weil Holger, der hinter ihr lag, es irgendwie geschafft hatte, zu ihr durchzudringen, im engeren Wortsinn. Zwei, drei Zentimeter tief in sich spürte sie seine Zudringlichkeit, eines der vielen Löcher in ihrer Strumpfhose mußte ihm als Schlupfloch gedient haben. Die Sonne ging schon auf, und Sibylle fühlte sich deutlich penetriert, um nicht zu sagen: ausgenutzt. Der Kerl hatte es geschafft, in sie einzudringen, während sie schlief. Andererseits hatte sie nicht wirklich was dagegen. Seine Beharrlichkeit gefiel ihr sogar.

Holger erschrak, als Sibylle ihn, ohne sich umzudrehen, fragte, ob er in ihr gekommen sei.

»Nein, natürlich nicht.«

»Sicher?«

»Ich weiß nicht. Ehrlich gesagt. Ein bißchen?«

»Scheiße!« Sibylle wußte instinktiv, daß sie schwanger war. »Du Scheiß-Vergewaltiger!«

»Tschuldigung. Ging die Sau mit mir durch.«

Sibylle sprang auf und weckte laut den Rest der Truppe mit dem verzweifelten Ruf:

»WAS MACH ICHN JETZT?«

Die Jungs sprangen sofort aus ihren Schlafsäcken. Die beiden Mädels blieben in ihrem liegen und machten auf verpennt. Sibylle beschloß, die Vergewaltigung vorerst mal nicht zu erwähnen, das hätte für Holger böse Folgen haben können.

»Ich brauch die Pille für danach. Wo krieg ichn so was?«

»Na inner Apotheke«, grunzte Stiefel.

»Nee, brauchste vorhern Rezept«, verbesserte ihn Socke, der mit dieser Problematik schon Erfahrung hatte. Stiefel und Socke waren Zwillingsbrüder, die einander gar nicht ähnlich sahen, Stiefel war fett und käsig, Socke eher schmal und verpickelt. Die Mädels, Tine und Francesca, die hauptsächlich deshalb in einem Schlafsack pennten, um vor Stiefel und Socke ihre Ruhe zu haben, steckten nun ihre Köpfe raus.

»Krichsten Kind?« fragte Tine, und Francesca, die ungeachtet ihres Namens aus nichts Südlicherem als Detmold stammte, rief laut nach heißem Wasser und sauberen Handtüchern.

»Haaahaaa«, blaffte Sibylle. »Was fürn Tag isn heute? Sonntag, ne? Da muß ich ja zum Notarzt, sone Scheiße! Ich bin doch nich ma inner Krankenkasse! Alles bloß, weil du nicht aufpaßt.«

»Gibt in Kreuzberg sone Organisation, da brauchste nich inner Krankenkasse sein. Wann issesn passiert?« wollte Stiefel wissen.

»Na grad eben!«

»Dann hamwa ja nochn bischn Zeit!« meinte Stiefel und legte sich wieder pennen. Was Sibylle kaum halb so lustig fand, wie es gemeint war. So richtig zum Lachen war ihr nicht.

Sonntag morgens hatte Julia König Zeit. Sonst kaum jemals, aber Sonntag morgens fast immer. Der Nachmittag war für Fitness und Schwimmen verplant und für einen Imbiss bei ihrem Stammasiaten, Monsieur Vuong. Sie aß sonst nur das Nötigste, um schlank und drahtig zu bleiben. Aber Ausschweifungen waren wichtig für die Seele. Sonntag, tagsüber, war die rechte Zeit für Orgien. Danach würde sie Akten wälzen, Geschäftsberichte lesen und ihrem Team die Aufgabengebiete der nächsten Woche zuweisen. Danach die Sonntagsausgabe des Tagesspiegel lesen und früh zu Bett gehen, denn die Woche würde, wie üblich, hart werden. Neue Projekte lagen an, in denen es um Millionenbeträge ging. Wenn Julia ihr selbstgestecktes Ziel erreichen wollte, binnen eines Jahres Teilhaberin der Firma zu werden, mußte sie sich reinknien und besser sein als all die Männer, die dasselbe Ziel besaßen. Jetzt aber war Sonntagmorgen, die beste Zeit der Woche. Manchmal sah sie dann fern und mit Vorliebe die Lieblingssendungen ihrer Kindheit, die mit der Maus oder auf dem Kinderkanal den Lönneberger Michel oder eine Folge Langstrumpf. Manchmal wollte sie auch was für ihre Libido tun. Zum Beispiel heute. Sie blätterte im Katalog der Begleitagentur. Es war acht Uhr, mit ein wenig Glück kam sie noch um die Ausschußware rum. Fred, das beste Pferd im Stall, hatte sie nun schon arg oft gehabt. Mark und Ansgar auch, die waren gut, keine Frage, aber heute stand Julias Sinn nach etwas Neuem. Sie rief an und fragte, ob es denn nichts Alternatives gebe, vielleicht was Schüchternes, nichts so Cooles und Abgefeimtes, da stand sie drauf. Er müsse einen aktuellen Bluttest vorweisen können, weil sie es gern hatte, wenn die Kerle in ihren Mund ejakulierten. Julia wußte exakt, was sie wollte. Geleckt werden, bis es ihr kam, dann blasen, bis es ihm kam. Dazwischen ein ordinärer, sehr bequemer Fick in Missionarsstellung. Kein Anal, kein Schnickschnack. Dezentes Parfüm. Dafür war sie bereit, satte 200 Euro die Stunde zu zahlen. Wenn möglich solle er beschnitten sein und ein Großkaliber. Dicke zähle dabei mehr als Länge. Alter spiele keine Rolle, Hauptsache athletisch und unter 30. Die Frau in der Vermittlung meinte, da gebe es wen.

Sibylle und Holger saßen in der U-Bahn Richtung Stadtmitte. Gerüchten zufolge wirkte die Pille am zuverlässigsten binnen fünfzehn Stunden danach, das sollte eigentlich kein Problem sein. »Ist denn heute wirklich son gefährlicher Tag?« wollte Holger wissen.

»Weiß ich nich genau. Aber ich geh doch kein Risiko ein.«

»Wär dasn wirklich so schlimm?«

»Was?«

»'n Kind zu kriegen. Ich würde bei dir bleiben. Du wirst lachen, du gefällst mir nämlich. Auch übers Ficken hinaus. Ich find dich gut.«

»Hast dun Hau?«

»Wieso? Ich fänds gut, Vater zu werden. Wenns behindert ist, kann mans heutzutage in die Kinderklappe geben, auf Nimmerwiedersehn. Ansonsten kann mans aufziehn und triezen und teachen. Hey, ich bin echt total verliebt in dich!«

Sibylle wurde zunehmend mulmig. Dieser Holger hatte definitiv einmal zu oft die Schranktassenräuber zu Besuch gehabt.

»Wovon sollten wir denn leben?«

»Ich kann eins a klauen. Wärn meine Freunde da, könnteste die fragen, wie gut ich im Klauen bin. Ich liebe dich, ernsthaft.«

Der Kerl war gar nicht wahr. Sibylle schlug sich gegen den Kopf. Sie glaubte, Opfer eines fiesen Traums zu sein. »Du Arsch, halt jetze bloß dein dummes Maul!«

Holger hielt sein Maul keineswegs. »Ich liebe dich. Und ich will nicht, daß du außer mir noch was anderes liebst!« Mit diesen Worten griff er sich Chrissie, die Ratte, wollte ihr den Kopf abbeißen, doch Chrissie biß zuerst zu, in seine Zunge, er schrie auf, blutete aus dem Mund, ließ die Ratte, die ihn auch noch in den Finger biß, los, sie fiel auf den Boden, drehte sich verwirrt im Kreis, bevor Sibylle nach ihr griff und sie in ihrem Decolleté in Sicherheit brachte.

»Du bist echt kranke Scheiße! Verpinkel dich!«

»Vorsifft!« entgegnete Holger, die Zungenspitze in ein Tempotaschentuch gewickelt. Jede Frau solle froh sein. Um jeden Mann, der sich für sie entschied, bedingungslos. Der zu ihr hielt, egal was da käme.

Holger tat sich leicht mit aufgeblähten Sprüchen. Seiner Auffassung nach war er zwar irgendwie gekommen, so halbwegs, aber das meiste Sperma war ihr am Arsch vorbeigeflossen, war im Sinne der katholischen Kirche sinnlos verschleudert worden. Daß Sibylle nun glaubte, schwanger zu sein, amüsierte ihn. Erregte ihn auch. Das Abteil war beinah leer, er zeigte ihr seinen erigierten Penis, als letztgültigen Beweis seiner Liebe. Sibylle kam aus dem Staunen nicht mehr raus. Das Ding, das sie geschwängert hatte, sah sie gerade zum ersten Mal. Gott, wie häßlich es war. Der häßlichste Penis, den sie je gesehen hatte. Fast lilafarben, adrig und krumm, nicht lang, aber dünn, mit einer Eichel in

Form jener Bärenfellmützen, die die Typen trugen, die den Londoner Tower bewachten.

»Steck das weg!«

Vincent bekam den Anruf der Agentur um Viertel nach neun. Für Punkt zehn habe eine Kundin in Charlottenburg Lebendfleisch bestellt, ob er den Gig übernehmen könne? Die Dame sei Stammkundin, anspruchsvoll und einen hohen Standard gewohnt. Vincent versprach sein Bestes, zog sich an, wie von der Agentur vorgeschlagen, sportlich-lässig, trug das gewünschte Parfüm auf (Kundinnen konnten aus fünf Marken wählen, wenn sie Wert darauf legten), danach fuhr er mit der U-Bahn zur Arbeit. Sicherheitshalber, obwohl er erst neunundzwanzig war, schluckte er vorher eine Vierteltablette Levitra, über die Attraktivität der Dame hatte ihm die Agentur nämlich nichts mitgeteilt. Mit der Potenzpille fühlte er sich selbstbewußt und allen Anforderungen gewachsen, selbst wenn ihn ein Walroß erwarten würde. In der U-Bahn hörte er, wie ein junges Punker-Paar sich unterhielt, am anderen Ende des Abteils.

Er konnte nicht genau verstehen, was sie sagten, nur als das Mädchen rief: »Du Arsch, halt jetze bloß dein dummes Maul!«, spitzte er die Ohren. Beim Verlassen des Waggons nutzte er die Gelegenheit und sah sich das Pärchen von nahem an. Der Kerl hielt ein blutgetränktes Tempo vorm Mund und das Mädel sah irgendwie angewidert drein. »Waf glotftn fo?« rief das Milchgesicht ihm hinterher.

Nun besaßen sie beide einen Grund, den ärztlichen Notdienst aufzusuchen. Sibylle wegen des Rezeptes für die Pille danach, Holger, um sich wegen der beiden Rattenbisse versorgen zu lassen. Seine Wunden wurden desinfiziert, zusätzlich bekam er präventiv Antibiotika. Zum Glück war er beizeiten gegen Tetanus geimpft worden. Obgleich er sich dessen schämte. Ein Punk, der gegen Tetanus geimpft war, konnte kein echter Punk sein. Holger erwartete in jedem Moment einen bösen Spruch, aber Sibylle schien über Takt zu verfügen, sie thematisierte jene Tetanus-Impfung mit keiner Silbe, als sei das eine hinzunehmende Selbstverständlichkeit oder Jugendsünde, über die man gar nicht weiter nachzudenken brauchte. Holger liebte sie dafür nur um so mehr. Er zog ihr den rechten Schuh aus und küßte ihren Fuß, sie dachte: Was ist das denn nun wieder? Es kitzelte.

Aber es gefiel ihr auch. Irgendwie. Bei der Sonntagsnotdienstapotheke am Oranienplatz lösten sie das Rezept ein. Sibylle schluckte, was der Apotheker ihr gab, mit einem Becher Wasser, und Holger meinte, sehr traurig, gar verzweifelt tuend, da gehe sie nun hin, die Frucht ihrer Leiber, den letzten Weg allen Seins. Sibylle war verwirrt. Der Kerl hatte offensichtlich einen Knall, aber naja. So was wie er war schwerlich von irgendwem auszudenken. Den mußte man behalten oder unter Denkmalschutz stellen.

Vincent klingelte an der Tür im dritten Stock eines aufwendig sanierten Acht-Parteien-Wohnhauses, das noch aus der Belle Époque stammen mußte. Die Frau, die ihm öffnete, war schlank, gutaussehend, blond. Sie musterte ihn ebenso erleichtert, zwinkerte ihm zu. Vincent trug eine naturschwarze Igelfrisur, wirkte durchtrainiert, war etwas größer als Julia und, wie sich später herausstellte, am ganzen Körper wachsrasiert. Er ließ ein Kompliment fallen über die tolle Wohnung mit ihrer vier Meter hohen stuckverzierten Decke.

»Was zu trinken?«

»Nicht nötig.«

»Wie Sie wollen. Das Schlafzimmer liegt am Ende des Flurs rechts. Hat Ihnen die Agentur gesagt, was ich bevorzuge?«

»Nicht genau. Es mußte alles ein wenig schnell gehen.«

»Naja. Ich habe auch keine besonders ausgefallenen Wünsche. Sind Sie beschnitten?«

»Ja.«

»Darf ich mal sehen? Gut. Sehr gut. Also, ich möchte zuerst geleckt werden. Sobald ich gekommen bin, tun Sie so, als hielten Sie es nicht mehr aus, und ficken mich, egal, was ich sage. Beim Sex sage ich nämlich gern mal *Nein, Nein, Nein,* das bedeutet aber ausnahmsweise mal nicht *Nein,* verstehen Sie?«

»Verstehe.«

»Sie nehmen mich, von vorne bitte, bis ich erneut gekommen bin, und dann, bevor Sie selbst kommen, ziehen Sie ihn raus und schieben ihn mir in den Mund. Und dort lassen Sie ihn, bis zum Schluß. Alles klar?«

»Ist mir eine Ehre. Eventuell ein wenig Dirty Talk erwünscht?«

»Nein. Duzen Sie mich bitte nicht, auf keinen Fall, das kann ich nicht leiden. Ich möchte auch keine Klapse auf den Po, das finde ich albern. Sie dürfen in meine Brustwarzen beißen, aber nicht zu fest. Ich will auch nicht als Schlampe, Hure oder ähnliches bezeichnet werden, schließlich bin ich es, der hier bezahlt. Sie können in Maßen Macht ausüben über mich, so als würden Sie mich vergewaltigen, aber wenn ich *Scheiße* sage, das ist das Stichwort, lassen Sie von mir ab, sofort, ist das eindeutig?«

»Absolut.«

»Gut. Fangen wir an.«

Julia spreizte ihre Beine und stellte sich schlafend. Vincent fand, daß es weit schlimmere Jobs auf Erden gab als seinen. Die Levitra-Pille wäre weißgott nicht nötig gewesen. Julia schien eine gepflegte, taffe Frau zu sein, und vermutlich würden Amateure viel bezahlen müssen, um jemals an so einem Luxuskörper knabbern zu dürfen. Vincent machte alles, wie es ihm aufgetragen worden war. Er leckte sie, sie kam, er vögelte sie, biß auf ihren Nippeln herum, sie schrie *neinneinnein,* sie kam, ziemlich laut, er zog seinen Schwanz aus ihr raus, sie stürzte sich darauf und lutschte ihn. Lutschte ihn. Lutschte ihn lange. Sie schien einfach nicht genug davon zu bekommen. Aus den Mundwinkeln flossen ihr Speichelfäden. Vincent mußte an erschütternde Bilder von Erhängungen im Iran denken, um nicht zu ejakulieren. Nach etwa einer Viertelstunde ließ Julia von ihm ab. »Scheiße, was ist los?«

»Verzeihung?«

»Mach ich es nicht gut, oder was?«

»Sie machen das ganz hervorragend!«

»Na also! Warum geht da nichts weiter?«

»Entschuldigung?«

»Komm in meinen Mund, Mann!«

Vincent begriff sofort, wenn auch zu spät, daß Erklärungsbedarf bestand.

»Madame, das war aber nicht vereinbart.«

»Wie – nicht vereinbart?«

»Ich spritze nie ab.«

»Was? Was ist denn das für eine Scheiße?«

Janine ging auf die Seite von www.karstadt.de, fand die Filiale vom Hermannplatz und klickte auf *Kontakt.* Schon hatte sie Uwe gefunden, da grinste sein Foto sie freundlich und hilfsbereit an, und drunter stand: Unsere Mitarbeiter – es folgte ein Dutzend

Namen, darunter *Uwe König, Marktleiter Lebensmittel* – stehen Ihnen jederzeit mit Rat und Tat zur Verfügung. Schicken Sie uns bei Lob, Fragen oder Beschwerden eine E-Mail oder rufen Sie an unter…

Seltsamerweise hatte Uwe, obwohl online, auf die beiden Chatanfragen, die sie gestern auf der Kontaktbörse an *Brandbeschleuniger* geschickt hatte, nicht geantwortet. Sie hätte nichts dagegen gehabt, neulich nacht noch einmal zu wiederholen. Uwe hatte ihr gutgetan. Sollte sie ihn auf Arbeit anrufen? Aber heute war Sonntag, da würde unter der angegebenen Nummer sicher niemand abheben. Sie schickte stattdessen eine Mail an die Lob&Beschwerdebox.

Hallo Uwe, seh ich dich bei Gelegenheit wieder? Die Tanzkatze.

»Ich spritze nie ab. Sorry.«

»Willst du mich auf den Arm nehmen?«

Im Gegensatz zu Julia hatte Vincent nichts dagegen, geduzt zu werden. Ejakulieren wollte er aber nicht. Mit Kondom ja, das war was anderes. Vielleicht, fand er jetzt, hätte man das vorher ausführlicher klären müssen.

»Meine Aufgabe bei diesem Job ist es, immer zu können. Und ich kann immer, weil ich dabei nicht komme. Ich will dabei nicht kommen. Und wenn, dann nur mit Gummi.«

»Warum denn nicht? Bin ich unattraktiv?«

»Im Gegenteil. Aber ich habe das meiner Freundin versprochen.«

»Wie bitte?« Julia König traute ihren Ohren nicht.

»Ich weiß, meine Kollegen handhaben das mehrheitlich anders. Aber die meisten Kundinnen waren bisher auch so mit mir zufrieden.«

»Ich aber nicht. Ich will die ganze Ladung. In den Mund!«

»Tut mir sehr leid, wenn ich damit nicht dienen kann.«

Julia, immer noch in einem Zustand äußerster Erregung, setzte sich dem Gigolo im Schneidersitz gegenüber und suchte nach Worten. Dergleichen hatte sie noch nicht erlebt.

»Das ist höchst unprofessionell!«

»Mag sein.«

»Deine Freundin muß es doch nicht erfahren. Ich sag ihr bestimmt nichts!«

Vincent geriet nicht oft an jenen Punkt. Nur eine geringe Minderheit seiner Kundinnen hatte je Wert darauf gelegt, daß er selbst zum Höhepunkt kam. Julia hingegen fühlte sich um das Finale ihrer Choreographie betrogen. Der Typ hatte es ihr ansonsten großartig besorgt, besser sogar als Mark und Ansgar.

»Bitte!«

»Tut mir leid, wenn ich die Anforderungen, die Sie an mich stellen, nicht erfüllen kann. Ich werde der Agentur sagen, daß ein Mißverständnis vorliegt. Ihr Geld können Sie behalten. Sie sollen nichts Falsches von mir denken oder annehmen, daß es an Ihnen liegt. Offen gestanden: Sie haben einen wundervollen Körper, und ich hätte nichts dagegen, unter normalen Umständen, in Sie zu kommen, egal, wohin Sie es haben wollen. Aber meine Freundin vertraut mir und ich möchte die Vereinbarung, die zwischen uns existiert, nicht brechen. Mein Job stellt ohnehin eine seelische Belastung dar, die ganz wenige Mädchen auf sich nehmen würden. Das zu respektieren ist eine Sache des Anstands.«

Julia war zornig, beleidigt, aber doch auch beeindruckt. Dieser Vincent mußte ein Alien sein oder verrückt oder abartig, er konnte auf keinen Fall ein männliches Exemplar der Spezies Homo Sapiens sein, das war so gut wie auszuschließen.

»Was, wenn ich Ihnen das doppelte Honorar zahle?«

»Glauben Sie wirklich, das sei eine Frage des Geldes?«

»Alles ist eine Frage des Geldes. Wenn ich Ihnen tausend Euro auf den Tisch lege, machen Sie, was ich will.«

»Sie haben teilweise recht. Alles ist eine Frage des Preises. Wenn Sie mir eine Million oder auch nur eine halbe Million auf den Tisch legen würden, täte ich sofort, was Sie verlangen. Wir könnten von diesem Geld ein Leben lang sorgenfrei existieren, ich würde meiner Freundin die besonderen Umstände schildern, würde sie um Verzeihung bitten, sie würde mir auch sicher verzeihen und verstehen, daß ich nur in unserem Sinn gehandelt habe. Aber Sie, sofern ich spekulieren darf, haben keine Million, auch keine halbe, und wenn doch, dann würden Sie sie nicht in so etwas investieren, denn dazu bedeutet diese Sache viel zuwenig. Und eben deshalb, weil diese Sache fast nichts bedeutet, sollten wir darum nicht länger debattieren.«

Julia gab Vincent zweihundert Euro. Er solle sich anziehen und ihre Wohnung sofort verlassen. Sie packte ihre Sporttasche, um ihr eingebildetes Hüftgold abzutrainieren. Vorher war nicht daran zu denken, heute mit gutem Gewissen bei Monsieur Vuong zu speisen. Kurz überlegte sie, bei der Agentur anzurufen und sich zu beschweren. Hätte das irgendeinen Sinn gehabt? Eher nein.

21

Maschjonka und Robert Pfennig stritten erneut. Ihrer Meinung nach zeigte er sich stur und kritikresistent. Wenn sie beide bei den Meisterschaften mehr als einen Blumenstrauß gewinnen wollten, mußte er seinen Tanzstil ändern. Seine machohaften Bewegungsabläufe konnte man bei jungen lateinamerikanischen Tänzern vielleicht als authentisch akzeptieren, an Robert wirkten sie grob und irgendwie steifdeutsch. Wenigstens ins Solarium solle er gehen, fand Maschjonka.

Dies lehnte Robert aus beruflichen Gründen ab. Im Büro könne er nicht mit gebräunter Visage arbeiten, die Kunden hätten weniger Vertrauen zu gebräunten Menschen.

»Wieso das denn?«

»Ist eben so. Daran bin doch ich nicht schuld!« Robert leitete eine örtliche Niederlassung der Allianz, und selbst die meisten türkischen Kunden schlossen lieber mit ihm Verträge ab als mit seinem türkischen Kollegen. Was die Statistik klipp und klar bewies.

»Swentja! Gehst du mit deiner Schwester auf den Spielplatz, bitte?«

Die Kinder sollten möglichst wenig vom Disput ihrer Eltern mitbekommen.

Swentja fügte sich, halbherzig, half ihrer kleinen Schwester in den Mantel, es war kühl und windig draußen, trotz Mittagssonne und Mai. Der Spielplatz lag in der Nähe des U-Bahnhofes Yorckstraße, unterhalb des bei Touristen beliebten St.-Matthäi-Friedhofes, auf dem, nebst vielen anderen, weniger illustren Toten, der Komponist Max Bruch und die Gebrüder Grimm begraben lagen. Sonja rannte gleich zur Schaukel, die sie liebte. Swentja hatte ein Harry-Potter-Buch dabei und setzte sich auf eine Bank. Der Spielplatz war leidlich gut besucht, ein paar Kinder turnten im Halbkugelnetz der dicken Taue, drei andere hockten im Sandkasten und bauten gemeinsam eine schiefe Burg, in deren Zinnen und Türme sie Playmobil-Piratenfiguren steckten.

»Swentja?«

Sie drehte sich um. Da stand Johnny. Mit tief in den Taschen seines Anoraks verborgenen Händen, als fröre er. »Kann ich dich sprechen?«

Swentja hatte ihn bereits, ohne irgendeinen gefühlten Verlust zu verbuchen, aus ihrem Gedächtnis gestrichen. Andererseits gefiel ihr das Buch, in dem sie grade las, nicht besonders. »Was willst du?«

Johnny setzte sich zu ihr auf die Bank. »Ich hab viel nachgedacht in letzter Zeit.«

»Aha? Wow!«

»Mach dich bitte nicht lustig über mich! Ich weiß jetzt, daß ich schwierig war, also, daß es mit mir schwierig war. Das tut mir leid.«

Mahmud klingelte bei Swentjas Eltern. Er stellte sich ihnen vor, mit allem Respekt, und wollte wissen, ob Swentja für einen Moment rauskommen könne. Er habe etwas mit ihr zu besprechen.

Robert Pfennig, gerade damit beschäftigt, seiner Frau endlich mal zu sagen, was in ihrer Ehe alles schiefgelaufen sei, meinte, etwas kurz angebunden, Swentja triebe sich höchstwahrscheinlich auf dem Spielplatz an der Yorckstraße herum.

Mahmud dankte höflich und hinterließ einen zwiespältigen Eindruck. Einerseits schien er ein wohlerzogener Junge zu sein. Andererseits –

»Wer war das?« wollte Maschjonka wissen.

»Ein Araber. Ein junger Araber hat nach Swentja gefragt.«

»Gott im Himmel!«

Johnny berichtete darüber, wie jüngst in seinem Gehirn selbstentwickelte Gedanken Aufnahme gefunden hätten. Inzwischen sei ihm vieles klar geworden. Wie fremdbestimmt das Leben verlaufe, vor allem am Anfang. Daß nicht die Welt, wie sein Vater immer behauptet hatte, verrückt und gefährlich sei, daß vielmehr, auf gewisse Weise, sein Vater verrückt und gefährlich war. Er indes, Johnny, habe Swentja stets von ganzem Herzen geliebt, und daran sei nichts, rein gar nichts je unanständig gewesen. Im Gegenteil.

»Na und? Worauf willste hinaus?«

»Ich brauche dich! Ich werde – und ich muß – meinen Eltern sagen, daß ich nicht mehr so denke, wie sie es immer von mir verlangt haben.«

»Ach, du Ärmster, ich soll dabei dein Händchen halten?«

»Bitte – rede ernsthaft mit mir!«

»Ernsthaft?« Swentja tat, als sei die Forderung an sich schon lächerlich. Sie hätte kaum beschwören können, für Johnny jemals wirklich etwas empfunden zu haben, und selbst, wenn sie seine Versprechen, sich komplett zu ändern, guthieß, wollte sie auf keinen Fall in seinen Abnabelungsprozeß verwickelt werden. So etwas konnte nur Stress bedeuten.

»Das mußte mit dir allein abmachen.«

»Ich liebe dich!«

»Kannste so oft wiederholen, wie du willst. Mir gehts deswegen umgekehrt nicht so.«

Mahmud hatte am Sonntagvormittag seinem älteren Bruder eingestanden, daß er in ein jüngeres Mädchen verliebt sei, bis über beide Ohren, und ihn um Hilfe gebeten. Faisal hatte Mahmud dringend davon abgeraten, überhaupt in irgendwen verliebt zu sein, das führe nur zu Ärger. In seinem Alter sei qualvoller Verzicht angesagt. Wenn er seine Unschuld unbedingt verlieren müsse, wenn es gar nicht mehr anders gehe, bitte sehr – dazu seien Prostituierte erfunden worden.

»Ich soll zu einer Hure gehen?«

»Das sag ich dir als dein Bruder, nicht als Muslim.«

»Für dich sind deutsche Frauen doch sowieso Huren, wie alle Frauen, die kein Kopftuch tragen!«

Faisal verbat sich eine solche Auslegung. Dergleichen habe er nie geäußert. Er habe Respekt vor dem Kulturkreis, in dem sie lebten.

»Auch vor Huren?«

»Nein, vor Huren muß man keinen Respekt haben. Man sieht ihnen nicht ins Gesicht, bezahlt sie – und gut.«

»Ich hab nem deutschen Mädchen Geld geboten, wenn sies sich von mir machen läßt.«

Faisal rückte, als er das hörte, demonstrativ von seinem Bruder ab.

»Mach keinen Scheiß, Brüderchen!«

»Was führst du dich so auf? Du hast grad eben selbst gesagt, ich soll zu einer Hure gehen. Wenn das Mädchen mein Geld nimmt, ist sie doch eine.«

»Das wäre Sünde, Mahmud! Ich meinte, du sollst zu einer *Professionellen* gehen. Zu einer gefallenen Frau, die nichts dabei fühlt. *Einmal.* Damit du es hinter dir hast. Dafür zeigt Allah Verständnis.«

»Woher weißt du das, Bruder?«

»Ich sag das nicht offiziell, aber Allah weiß um die Nöte der Männer. Er ist großzügig, glaub mir.«

»Hat er dir das persönlich gesagt? Hast du das vielleicht sogar schriftlich?«

»Du gehst mir auf die Nerven, Bruder!«

Johnny war nicht bereit, sich einfach abschütteln zu lassen. Auch wenn er inzwischen an fast allem anderen zweifelte – seiner Auffassung nach bestand zwischen Swentja und ihm immer noch eine vom Himmel geknüpfte und gesegnete Verbundenheit. Da konnte sie sich noch so gleichgültig geben. Er liebte sie, von ganzem Herzen, und sie – hatte zumindest die Pflicht, sich damit auseinanderzusetzen. Wenigstens empfand er es so, wenn ihm auch eine exakte Begründung jenes Sachverhalts schwergefallen wäre. Egal. Er fühlte sich im Recht, glaubte, Stärke zeigen zu müssen.

Gerade, als er Swentja in den Arm, in Besitz nehmen und küssen wollte, erschien Mahmud auf der Szene und fragte, ob der Typ sie belästige.

Swentja, gleichermaßen verdutzt wie erfreut, antwortete mit einem Achselzucken, dem ein Lächeln folgte. Sie genoß es sehr, derart im Mittelpunkt zu stehen, wobei es ihr relativ egal war, ob aus der sich abzeichnenden Auseinandersetzung Mahmud oder Johnny siegreich hervorgehen würde. Nur, daß zwei Typen bereit waren, um sie zu kämpfen, zählte. Würde es zu einer Prügelei zwischen beiden kommen? Swentja krümmte keinen Finger, um irgend etwas zu verhindern. Und wem würde sie danach zu folgen bereit sein? Dem Sieger? Dem Verlierer? Keinem von beiden? All das war längst noch nicht entschieden. Swentja schlug die Beine übereinander und beschloß, den Dingen ihren Lauf zu lassen. Aus den Augwinkeln, mehr, um sich aus dem, was direkt vor ihr geschah, herauszuhalten, warf sie einen Blick auf die Schaukel, auf der Sonja grad eben noch gesessen hatte. Jene Schaukel war nun leer, der Sitz baumelte im Wind. Swentja sah sich um. Den ganzen Spielplatz suchte sie nach Sonja ab. Hinter ihrem Rücken nahm Mahmud Johnny in den Schwitzkasten und boxte ihm in die Nieren, bis Johnny schrie vor Schmerz. Swentja hob derweil eine Hand über die Augen und suchte ihre kleine Schwester. Die nirgends zu finden war.

»Hört auf, ihr beiden!« rief Swentja laut und lief zum Sandkasten. Keines der ordinären Kinder, die dort spielten, sah Sonja auch nur entfernt ähnlich.

Sonja war weg, wie vom sprichwörtlichen Erdboden verschwunden. Und Swentja geriet in Panik.

Mahmud und Johnny registrierten erst spät, daß sie binnen weniger Sekunden von Hauptdarstellern einer Eifersuchtsszene zu Komparsen einer viel größeren Handlung geworden waren. Beide rannten los, in entgegengesetzte Richtungen, um die verlorengegangene Sonja zu suchen. Nicht, weil sie sich um das Kind ernsthaft Sorgen machten, viel eher, um bei Swentja zu punkten. Aber Sonja blieb unauffindbar, auch nach einer halben Stunde intensivster Suche.

Wie sollte Swentja das ihren Eltern erklären? Ihr wurde schlecht, sie glaubte, sich übergeben zu müssen. Doch statt sich zu übergeben, schrie sie, so laut, bis auch das letzte jener minderbemittelten Kinder begriffen hatte, daß etwas Außerordentliches vorgefallen war.

22

Sarah Stern setzte sich in ihren kornblumenblauen BMW und fuhr zur Schießanlage nach Treptow. Seit über zwei Jahren schliefen sie und ihr Gatte (so gut wie) nie mehr miteinander, nicht einmal nebeneinander, denn Thomas schnarchte laut und strampelte, wenn er schlecht träumte. Zuerst war Sarah die räumliche und körperliche Trennung ganz willkommen gewesen, sie hatte sich, mit Thomas' vollem Einverständnis, dessen entledigt, was früher einmal, sehr strengdeutsch, als *Eheliche Pflicht* bezeichnet worden war. Dann, nach und nach, begann für Sarah eine Phase innerer Unruhe, die nun schon beinahe ein Jahr andauerte. An ihrem vierzigsten Geburtstag hatte sich jene Unruhe verdichtet, zu einem bohrenden Gefühl im Bauch, das selbst mit Schweizer Bruchschokolade nicht länger besänftigt werden konnte. Sie hatte ein paar Pfunde zugelegt, fühlte sich unattraktiv und vor der Zeit gealtert. Morgens, wenn sie in den Spiegel sah, fragte sie sich, was aus ihr geworden war und ob man das nicht frühzeitig hätte verhindern können, ja müssen. In den letzten Wochen hatte sie sich mühsam fünf Pfund abtrainiert – aber Thomas hatte es kaum zur Kenntnis genommen, er besaß kein erotisches Auge mehr für seine Gattin, wozu auch – sein Leben war diesbezüglich geregelt, dafür gab es Carla. Zwar glaubte Sarah nicht, daß Thomas mit dieser Carla wirklich glücklich war, aber das mußte er ganz allein mit sich ausmachen.

Ebenso war für ihr eigenes Glück niemand als sie selbst zuständig. Das zunehmende Verlangen, ihren langweiligen Alltag durch ein neues Element zu beleben, hatte dazu geführt, daß sie über eine eigene Affäre nachzudenken begann. Andererseits wußte sie sehr wohl, daß in ihrem Fall Sex nur eine Ausflucht bedeuten konnte. Und daß Ausflüchte nie befriedigen.

Der Weg kann das Ziel sein, die Ausflucht aber ist ziellos. Sarah wollte keine Rollen spielen, die ihr nicht auf den Leib geschneidert waren. Wollte nicht fremdgehen, nur weil das alle anderen so hielten und taten, als sei es unbedingt nötig. Sex bedeutete ihr nun mal recht wenig, folglich war sie eine gebrandmarkte, scheel angesehene Außenseiterin in einer Gesellschaft eitler und liebeshungriger Menschen, die ihre Lebensqualität über die Zahl der erzielten Orgasmen definierten.

Sarah hatte, in einem Anfall von Selbstverachtung und Verzweiflung, ihre einstmals beste Freundin, Julia, angerufen und ihre Seelenlage bloßgelegt. Julia, die, seit sie Managerin geworden war, unter ständiger Zeitnot litt, zeigte kaum Verständnis, im Gegenteil. Ihre Gegenbeichte, regelmäßig einen Escortservice zu bemühen und gegen Bezahlung professionell bedient zu werden, hatte nur dazu geführt, daß Sarah sich noch weiter im gesellschaftlichen Abseits wähnte, im tiefen Tal der Schräg-Sonderbaren, denen in diesem Leben nicht zu helfen war.

Dann hatte Julia die Idee mit dem Treptower Schießstand gehabt. Dort könne man sich prima abreagieren. Auf jenen Vorschlag war Sarah seltsamerweise eingegangen, obgleich sie bis dahin nie in ihrem Leben eine Waffe in der Hand gehalten hatte. Hauptsächlich geschah es wohl, weil Sarah vor ihrer taffen Managerfreundin nicht blaß und antriebslos erscheinen und lieber etwas völlig Verrücktes ausprobieren wollte. Schließlich, als sie zum ersten Mal mit einem Gewehr auf eine fünfzig Meter entfernte Attrappe schoß, kam ihr ein Lied der Beatles in den Sinn, *Happiness is a Warm Gun*. Zwei Wochen später war sie dem Gotcha-Team beigetreten, um, wenn auch nur mit Farbkugeln, auf lebendige Menschen zu feuern. Es war eine fabelhafte Möglichkeit, Adrenalinschübe zu genießen und zugleich ihr Körpergewicht zu reduzieren. Thomas ahnte nichts von jenen Ausflügen. Ein nicht geringer Teil des Kitzels resultierte eben daraus.

Die Pfennigs informierten die Polizei gegen 16:30 Uhr. Einige der noch am Spielplatz anzutreffenden Kinder wurden befragt, ob sie etwas Relevantes beobachtet hätten. Keines der maulfaulen Bälger konnte sich an Sonja auch nur erinnern. Maschjonka Pfennig erlitt gegen 18 Uhr einen Nervenzusammenbruch. Robert Pfennig verlor ebenfalls die Fassung, wollte von Swentja wissen, warum sie auf ihre Schwester nicht besser aufgepaßt habe. Als Swentja den Polizisten gestand, sie sei mit gleich zwei Verehrern beschäftigt gewesen, Mahmud und Johnny, platzte ihrem Vater der Kragen. Es fehlte nur wenig – und er hätte seiner mannstollen Tochter, selbst vor Zeugen, eine Ohrfeige verpaßt. Swentja bekam es mit der Angst. Deshalb, und nicht zuletzt, weil sie sich schuldig fühlte, zog sie es vor, bei einer Freundin zu übernachten. Der sie nichts von alledem offenbarte, was sie quälte.

Die Pfennigs wurden bei ihren Nachbarn zum Gesprächsthema. Lange Debatten konnten dabei folgendermaßen zusammengefaßt werden:

Frage: Wie kann ein Kind von einem öffentlichen Platz verschwinden, ohne daß irgendwer davon etwas bemerkt?

Antwort: Offensichtlich geht es. Wenn Eltern zu sehr mit sich selbst beschäftigt sind.

Sarah liebte es, während der Kampfhandlungen getroffen zu werden. Nicht, daß sie keinen sportlichen Ehrgeiz besaß, nein, es verschaffte ihr Befriedigung, jemanden abzuschießen. Aber sie war auch eine prima Verliererin, und der Moment, wenn eine Farbkugel auf ihrem Trainingsanzug platzte und sie, getroffen, das Spielfeld verlassen mußte, besaß etwas existentiell Erregendes. Sie lernte sich neu kennen und hegte bald den Verdacht, masochistischen Spielarten des Sex zugänglicher zu sein, als sie es je für möglich gehalten hatte. Thomas hatte jedesmal um Erlaubnis gefragt, bevor er, in grauer Vorzeit, in sie eingedrungen war. Und ihrer Erziehung gemäß war Sarah um jene Nachfrage stets dankbar gewesen; ihre Mutter hatte ihr eingeschärft, den Kerlen bloß nie die Macht zu überlassen. Jetzt, mit vierzig, dachte Sarah darüber nach, ob ihre Mutter ihre Ehe von Anfang an sabotiert haben könnte, mit einem einzigen gutgemeinten Ratschlag. Während Sarah das Gewehr nachlud, dachte sie daran, wie es wäre, vor einem Erschießungskommando zu stehen, an einen Pfahl gefesselt – und überall auf ihrem Körper zerplatzten bunte Farbkugeln. Das war schon abartig, fand sie, und beschloß, niemandem davon zu erzählen.

Und wieder, wie am Abend zuvor, saß Ekki Nölten in seiner Stammkneipe an der Kreuzung Monumenten- und Katzbachstraße, dem *Nachtmar*. Er machte einen nachdenklichen Eindruck, zupfte an seinem Bart, hatte in den drei Stunden, die er hier saß, wenig getrunken und es dennoch geschafft, der letzte Gast zu sein. Sonntags war das zugegeben einfacher zu erreichen als sonst. Minnie, vor gut drei Jahrzehnten als junge Braut eines GI eingewandert, geschieden, beugte sich zu ihrem Stammgast herab. Sie flüsterte ihm ins Ohr, daß sie das Lokal für heute abschließen wolle, er könne aber gerne noch eine Flasche Bier mit nach Hause nehmen, die spendiere sie ihm, gegebenenfalls. Minnie sah in Ekki inzwischen so etwas wie ihren besten Kumpel, er war immer höflich und freundlich, grabschte nie und gab Trinkgeld. Manchmal war er besonders süß und brachte eine Tüte ihrer geliebten Royal-Cauldron-Chips mit. Beide ungefähr im selben Alter, hätten sie zusammen ein Jahrhundert eher mäßiger Erfahrungen in die Waagschale werfen können. Weshalb sie betont vorsichtig miteinander umgingen, immer darum bemüht, nicht zu zerstören, was sie aneinander besaßen. Seit fast einem halben Jahr, als sie an Heiligabend miteinander ins Gespräch gekommen waren, erzählte Ekki, regelmäßig um Mitternacht herum, von den alten Römern und deren Kaisern. Poetische und deftige, oft auch frivole Geschichten. Minnie hätte nie gedacht, daß sie für derlei Antikkram Interesse aufbringen könnte. Aber Ekki verfügte über eine gewisse Gabe, trockenen Stoff süffig wiederzugeben. Manchmal klagte er darüber, keine Schüler mehr zu haben, das Gymnasium fehlte ihm, und er verfluchte sich dann, weil er sein Leben ruiniert glaubte. Minnie wußte über römische Kaiser inzwischen mehr als mancher Akademiker mit großem Latinum.

»Komm, Ekki, erzähl mir noch was, der letzte Kaiser war Macrinus, wer kam danach?«

Ekkehard nippte an seiner Flasche Schultheiss, eine Marke, die er nur trank, weil sie billiger war als das tschechische Importpilsener.

»Macrinus hatte einen Sohn mit Namen Diadumenianus.«

Er war von den drei Bier, die er gehabt hatte, bereits leicht betrunken. Alles eine Frage der Suggestion. Man kann von sehr wenig betrunken werden, wenn man wenig Geld hat, es aber nötig hat, betrunken zu sein vor dem Schlaf. Jetzt nahm er sich zusammen, um nichts durcheinanderzubringen.

»Was? Wie hieß der?«

»Diadumenianus!«

»Herrgott, Ekki, das ist ein ganzer Satz, kein Name! Dia du meni anus! Wer soll sich das merken?«

»Die wurden beide ermordet, Macrinus und Diadumenianus, der Papa wie der Sohn. Letzterer wird von den Geschichtsschreibern als einnehmend und sympathisch geschildert. Ein nettes, begabtes, vielversprechendes Kind.«

»Wie furchtbar!«

»Nach Macrinus kam Elagabal, auch Heliogabalus genannt. Eigentlich hieß er zu Lebzeiten Marcus Aurelius Antoninus, genau wie zuvor schon Caracalla. Den, wie du dich vielleicht erinnerst, Macrinus hat ermorden lassen.«

»Wie? Caracalla hieß in echt gar nicht Caracalla?«

»Nein, das war ein später Spitzname, und Elagabal war genaugenommen der Name einer syrischen Gottheit, die von Marcus Aurelius Antoninus verehrt wurde. Da gab ihm die Geschichtsschreibung einfach diesen Namen. Das warn echt abgefahrener Typ.«

»Erzähl!« forderte Minnie, und ihr warmer fetter Körper schmiegte sich an den letzten verbliebenen Gast. Daß Macrinus und sein Sohn Diadumenianus ermordet worden waren, nach nur kurzer Regentschaft, belastete Minnie. Die Geschichte der römischen Kaiser war ein depressiver Trip. Man konnte draus ableiten, daß die menschliche Existenz, fragiler als ein Schmetterlingsflügel, zum Scheitern geradezu verdammt war, wo immer sie es gewagt hatte, ein bißchen zu weit über den Tellerrand zu gucken.

»Elagabal, das sechzehnjährige Monster, kam durch einen Trick auf den Thron, weißdu, seine Ma, die Julia Soaemias, mit der Dynastie der Severer weitläufig verwandt, das muß man auch mal so sehn, das Risiko, einfach die Truppen mit ner Alternative vertraut zu machen, weißdu, Minnie, das is die Lehre, diech draus zieh. Zur Macht gehts nur unter Einsatz des eigenen Lebens, im richtigen Moment muß man mutig sein und ist dann Herrscher der Welt, wird aber auch, im Fall des Scheiterns, sofort ermordet, erstochen, geköpft, erhängt, das is der Einsatz im großen Spiel, vorab zu zahlen. Auf dem Weg zur Macht. Da bin ich froh, meine Liebe, daß mir das erspart geblieben is.«

»Kannste von Glück sagen, Ekki.«

»Nich? Oder lüg ich mir was vor? Elagabal ließ auf die Gäste einer Hochzeitsgesellschaft giftige Schlangen regnen, delektierte sich am Sterben. Die Drecksau. Obwohl. So genau weiß mans nich. Vielleicht Propaganda!«

»Sach noch mal! Der ließ Schlangen regnen?«

»Jau.«

»War dern Zauberer, oder was?«

»Nein, selbstverständlich war der nurn Mensch. Die Schlangen haben Sklaven von der Galerie runtergeschleudert.«

»Ich hab dich gern, Ekki, weißt du das? Wie hieß von dem Typ die Ma?«

»Julia Soaemias.«

»So a Emi – Ass?« Minnie merkte sich Anus und Ass. Ekki war lustig.

»Weißt du was? Ich schließe ab, wir nehmen noch ein paar Flaschen Bier und gehen zu dir.«

»Das geht heut nicht, Minnie.«

»Gut, dann zu mir. Und du erzählst mir wilde Geschichten von römischen Kaisern.«

»Okay.«

23

MONTAG

Robert und Maschjonka Pfennig durchwachten die Nacht. Irgendwo da draußen befand sich ihr Kind, Sonja, in der Hand eines Verbrechers. Die Zeit, als es noch andere Erklärungsmöglichkeiten gegeben hätte, war ein und für allemal Vergangenheit geworden. Sonja war alt genug, um ihren Nachnamen und ihren Wohnort jederzeit herunterzubeten, schüchtern war sie auch nicht. Das bedeutete, jemand hatte Sonja in seiner Gewalt und stellte entsetzliche Dinge mit ihr an. Sich das vorzustellen, war schlimmer als der Tod, es war das schlimmstmöglich Vorstellbare überhaupt.

Sie wollten irgend etwas tun, Robert saß an seinem Computer, mailte alle ihm bekannten Menschen an, setzte sie in Kenntnis von dem Drama, in der verzweifelten Hoffnung, irgendwer in dieser verabscheuungswürdigen Außenwelt könne irgend etwas wissen.

Mascha weinte ein Taschentuch nach dem anderen naß und wollte nur sterben, schnell sterben, wollte sich das Schicksal ersparen, den Tod ihrer mißbrauchten Tochter erleben zu müssen. Daß Swentja das Weite gesucht hatte, störte ihre Eltern wenig, beide machten sie für das Geschehene verantwortlich, und wiewohl sie ahnten, daß sie sich bald wieder um sie bemühen müßten, weil Swentja nun mal jene war, die ihnen bleiben würde, konnten sie ihres Zorns auf die Erstgeborene nicht Herr werden, nicht in dieser Nacht, dieser furchtbar langen, endlosen Finsternis.

Minnie hatte Ekki noch nie mit zu sich nach Hause genommen. Aber es ging von ihm, zumindest heute, wenig Gefahr aus. Er war binnen weniger Monate ein Halm von einem Mann geworden. Minnie, kräftig und noch fast nüchtern, wollte nicht mehr nüchtern sein, wollte jemanden bei sich haben, der betrunken genug war, sie zu bekuscheln. Minnie sperrte das Lokal ab und zog Ekki am Ärmel hinter sich her. Sie wohnte nur drei Hausnummern entfernt. Von ihrem Apartment konnte man auf den Matthäi-Friedhof sehen, der nachts, vereinzelte Grablichter ausgenommen, unbeleuchtet war.

»Hast du Hunger?«

»Nee. Hast *du* Hunger? Ich würde gern mal für dich kochen. Mein Leibgericht sind Spaghettti mit Kalbsleberstückchen und Majoran. Mit Sahne, Zwiebeln und Speckwürfeln. Und einem Schuß Sherry. Soll ich dir das mal machen?«

»Kalbsleber ess ich nich. Leber nich und Kälber schon gar nich.«

»Warum?«

»Kälbchen sind so niedlich.«

»Aha.« Ekki nahm einen langen Schluck Bier. Es war alles gut. Er mußte keinen hochkriegen heute nacht. Minnie mochte ihn. Von jemandem gemocht zu werden, war gut. Es war egal, ob diese Negerin im horizontalen Durchschnitt einen Meter maß, sie war ein guter Mensch, aß keine Kälber, weil zu niedlich. Ekki wühlte seine Stirn in ihren Bauch. Minnie trug eine dunkelblaue Unterhose. Soviel stand von nun an fest.

»Elagabal wurde nach vier Jahren Herrschaft getötet, die Menschen haben ihn buchstäblich zerrissen, haben mit seinem Kopf Fußball gespielt in den Straßen, und auch der heilige schwarze Stein aus Emesa, den er nach Rom gebracht hatte, wurde zerstört. Danach bestieg Severus Alexander den Thron, für zwölf Jahre. Ein junger Mann unter der Fuchtel seiner ehrgeizigen Mutter. Er war der letzte Sproß der Severer. Danach kamen die sogenannten Soldatenkaiser.«

»Ich mach noch ne Tüte Chips auf.«

»Mach das.«

Sie tranken Bier zusammen, aßen teure Royal-Cauldron-Chips der Sorte *Honey Barbecue* und sahen sich im Fernsehen Polanskis ›Der Pianist‹ an. Ekki legte seine Wange auf Minnies Decolleté.

Als Frau hätte sie nichts dagegen gehabt, aber als Kellnerin, die morgen wieder in einer Geschäftsbeziehung zu Ekki stehen würde, paßte sie auf, daß er sich nicht weiter vorwühlte. Ekki blieb brav. Den Film fand Minnie arg widerlich im Sinn von verstörend, brutal und eklig.

»War dein Papa im Krieg?« wollte sie wissen.

»Ja, der kam noch annie Front, mit achtzehn, das war 1944, irgendwo im Osten.«

»Won im Osten?«

»Rußlandfeldzug. Da hat ern Streifschuß abbekommen und wurde ausgeflogen, mit einer der letzten Maschinen. Sonst würde ich heut nich neben dir sitzen.«

»War er auch mal in Warschau?«

»Nö. Glaub nich.«

»Gut. Ist schon seltsam.«

»Wasn?«

»Das alles scheint so lange her. Und jetzt sitz ich neben wem, dessen Papa für die Nazis rumgeballert hat. Weißt du, mein Opa ist gefallen, in Iwo-Jima.«

»Dann waren das die Japsen!«

»Wenn du dir mal den Bart abrasieren würdest...«

»Ja?«

»Der Bart steht dir gar nich. Bin ich etwa die erste, die dir das sagt?«

»Bist du denn rasiert?«

»Na hör mal. Ekki! Jetzt gehste mal besser heim.«

»Tut mir leid.«

»Nee, ist sowieso spät.«

Erst als Ekki draußen auf der Straße stand, begriff er die Tragweite dessen, was Minnie mit ihrer Frage gemeint hatte, ob er sich nicht mal den Bart abrasieren wolle. Ja, es stimmte, der angegraute Bart wirkte nicht besonders attraktiv, war der Faulheit geschuldet. Und ohne ihn würde Minnie irgendwas in Betracht ziehen, ganz klar. Doch wollte er das auch? Es war auf gewisse Weise frustrierend, einzusehen, daß er um fast alles froh sein mußte, was dieses Leben ihm noch bot. Es gab dabei Kerle, die fanden Minnies Pfunde begehrenswert, die machten ihr Avancen. Wie gerne wäre er einer jener Männer gewesen.

Sarah fühlte sich schuldig. Sie hatte ein Geheimnis, von dem Thomas nichts wußte.

Es war ein banales Geheimnis, aber man mochte Thomas beurteilen, wie immer man wollte, er – hatte nie ein Geheimnis vor ihr gehabt. Hatte ihr pflichtschuldigst mitgeteilt, mit wem er schlief, hatte, wenigstens auf Nachfrage, stets alles, was es zu sagen gab, berichtet. War geradezu froh darum gewesen, mit seiner Gattin alle Informationen zu teilen, die aus seinem unkonventionellen Lebenswandel resultierten.

Weswegen, um Himmels willen, enthielt Sarah ihm vor, daß sie sich regelmäßig in einer Treptower Sporthalle abschießen ließ, oder selbst schoß, auf lebende Menschen. Eigentlich war nichts dabei. Sie sollte es ihm sagen. Sie konnte ja behaupten, es eben erst ausprobiert zu haben. Es war albern, ein Geheimnis zu haben, nur um ein Geheimnis zu haben. Bei Gelegenheit. Bei Gelegenheit würde sie ihm davon erzählen. In einem passenden Moment.

Johnny fühlte sich ebenfalls schuldig. Swentja hätte auf ihre Schwester aufpassen sollen, und er hatte sie abgelenkt. Jetzt war die Schwester verschwunden, Swentja war verschwunden, ging nicht ans Telefon, und alles war Scheiße. Wie würde Swentja ihn je lieben können, wenn er, zumindest indirekt, daran schuld war, daß ihre kleine Schwester vielleicht nie wiederkommen würde. Er mochte sich das gar nicht ausmalen. Eine Teilschuld trug natürlich auch dieser Araber. Was wollte der bloß von Swentja? Und was wollte die von ihm? Und warum hatte sich der Typ auf ihn gestürzt? So viele Fragen blieben offen.

Johnnys Eltern fragten ihn, woher er das blaue Auge bezogen, wo er sich am Sonntagnachmittag rumgetrieben, weshalb er die Bibelstunde versäumt habe. Johnny wich allen Fragen aus, einfach, indem er schwieg. Noch vor einem Jahr hätte sein Vater ihn deswegen gezüchtigt. Es war gut zu erfahren, daß ein solches Szenario nun anscheinend nicht mehr drohte. Es machte Johnny sicherer. Er hatte das notwendige Alter erreicht, hatte sich das Recht zu schweigen erkämpft.

Mahmud fühlte sich überhaupt nicht schuldig. Eher verunsichert, weil es in Swentjas Leben jemanden gab, den er dort nicht vermutet hatte. Vom Schicksal der kleinen Sonja bekam Mahmud wenig mit, er war, nachdem dieser Schweinefresser fortrannte und Swentja hysterisch wurde, einfach nach Hause gegangen. Stress konnte er nicht brauchen. Die Göre war sicher schon längst wieder aufgetaucht. Swentja würde er morgen klarmachen. Was ihm an ihr lag, wußte er selbst nicht so genau. Sie sah bestenfalls durchschnittlich aus und zickte rum.

Janine griff sich in jener Nacht den Vibrator, der, abgesehen von einigen Fotos, das einzige Erbe ihres letzten Freundes, des bisexuellen Bildhauers aus Darmstadt, war. Er hatte ihn ihr vor Jahren geschenkt, mit den Worten, sie müsse auch ohne ihn fähig werden, zu entspannen.

Allein, der Vibrator war ein ungenügender Ersatz für Uwe. Janine war alt genug, um zu wissen, daß sie in Uwe nicht etwa verliebt war. Sie wollte nur seinen Körper. Jederzeit. Für sich. Zur freien Verfügung. Warum meldete er sich nicht?

Sibylle, die sich nun auf der sicheren Seite glaubte, ließ Holger links liegen. Um ihm möglichst schmerzhaft zu verdeutlichen, daß bürgerliche Besitzverhältnisse ihr Ding einfach nicht sein konnten.

»Ich möchte heute nacht lieber von Stiefel vergewaltigt werden.« Sagte sie. Und Stiefel ließ sich nicht lang bitten, griff zu, alle fanden das okay, nur Holger nicht, er schlug Stiefel ins Gesicht, mit aller Wucht, daß dem Hören und Sehen verging. Sibylle gestand sich später ein, nichts anderes erwartet und gewünscht zu haben. Aber für den Moment tat sie, als sei Holger ein brutaler Patriarch, untragbar für die Gemeinschaft.

»Dann bin ich daf halt!« rief Holger, immer noch lispelnd, und entschuldigte sich, halbherzig, für das Blut, das aus Stiefels Nase lief. Aber an Sibylle gewandt, rief er und ging auf die Knie dabei: »Ich liebe dif und teile dif mit niemand! Bafta! Und wenn dir daf nicht pafft, leg ich mich heut nacht noch untern Fug!«

Sibylle wußte nicht, was sie sagen sollte. Der Kerl war krank. Und sie mochte ihn. Das war vielleicht noch kranker. Sie mußte eine Entscheidung treffen. Jetzt mit ihm den Schlafsack zu teilen – ging nicht, es hätte sie in der Gruppe zuviel Renommee gekostet. Nie vorher hatte Sibylle ihren Stolz wie eine schwere Last im Nacken gespürt.

»Komm mit, wir reden draußen!«

Im Freien ließ sie sich von ihm küssen. Holger drückte sie an sich und versprach ihr, immer für sie da zu sein, sie gegen alle denkbaren Feinde zu verteidigen, gegen Menschen, Tiere und Aliens – auch unter Einsatz seines Lebens. Schwere Geschütze. Sibylle, an so etwas einfach nicht gewöhnt, stellte, derart romantisch überwältigt, jede Gegenwehr ein.

Holger bestand sogar darauf, mit Chrissie Frieden zu schließen. Und die Ratte, als hätte sie alles mitangehört, ließ sich von ihm streicheln.

»Die hatn Fell, das ift weifer als dein Famhaar.«

»Und ihr Schwanz is genauso lang wie deiner.«

Carla war mit ihrem Dasein als Geliebte unzufrieden. Bald würde sie Thomas sagen, daß zwischen ihnen zwischenmenschlich nichts mehr laufen würde. Sie hatte ihn satt. Wie unmöglich er sich im Dark-Side-Club aufgeführt hatte, nur weil ihr spontan eingefallen war, das straffe, dabei haptisch begeisternde Mittelteil eines wirklich gutaussehenden Mulatten kurz mal mit der

Handfläche zu berühren. Da könne sie sich doch alles mögliche holen, hatte Thomas gesagt, sie beiseite gezogen und ernsthaft von ihr verlangt, sich sofort auf der Toilette die Hand mit Seife zu waschen. Sie hätte ihm beinahe eine geklebt.

Allerdings war er ihr Chef, und Carla ahnte enervierende Verwicklungen voraus. Auf beruflicher Ebene würde es Thomas leicht möglich sein, Rache zu nehmen. Er konnte sie fallen lassen wie eine kalte Kartoffel, konnte sie gar, wenn er dazu Lust hatte, schnell mal nach Bielefeld versetzen. Sie hätte sich nie auf derlei einlassen sollen. Ein Alptraum. Man sollte, dachte Carla, nie die Geliebte eines Mannes werden, der vor seiner Gattin keine Geheimnisse hat. Es hinterläßt einen praktisch schutzlos.

Julia König bereitete spätnachts noch eine wichtige Telefonkonferenz vor, für den nächsten Morgen. Wichtige, millionenschwere Projekte galt es zu besprechen, und Julia mußte sich allen Eventualitäten gewachsen zeigen, die Argumente der Gegenpartei vorausahnen und möglichst schon entkräften, bevor sie laut geäußert wurden. Leider war sie nicht imstande, einen klaren Gedanken zu fassen, geschweige denn das strategische Konzept einer *Refutatio* zu erarbeiten. Ständig dachte sie an Vincent, den einzigen Mann, der ihr während der letzten Jahre Eindruck gemacht hatte. Ihr wurde dabei bewußt, wie schlecht sie an sich über Männer dachte. Ihr Weltbild war desaströs in Unordnung geraten. Wieder und wieder versuchte sie sich zu konzentrieren. Rauchte eine Zigarette, obwohl sie den Mief von abgestandenem Rauch in der eigenen Wohnung verabscheute.

Vincent, ein, man mußte es so sagen: Stricher. Ein Miethengst. Das durfte nicht wahr sein. Julia weigerte sich. Allein, es half nichts. Dieser bigotte, schwer renitente Tugendbold ging ihr einfach nicht aus dem Kopf. Er war nicht nur in ihrem Kopf, er pochte in ihrem Blut, durchströmte ihren gesamten Körper. Nur auf eine einzige, leider entscheidende Weise war er eben doch nicht da.

ZWEITER TEIL

1

MITTWOCH

Sonja war seit drei Tagen verschwunden.

Die Pfennigs hatten, wenn sie grad nicht tanzen gingen, immer viel ferngesehen. Als Vielfernseher wußten sie, daß bei Kindesentführungen den ersten 72 Stunden eine große Rolle zukam. In jenem Zeitraum galt es, bei den Ermittlungen entscheidende Hinweise zu sammeln. Danach sank die Wahrscheinlichkeit, das entführte Kind noch aufzufinden, rapide. Der für den Fall zuständige Kommissar, ein mißmutig und etwas ungepflegt wirkender Mensch namens Nabel, mit solcherlei Fernsehwissen konfrontiert, verneinte den Eltern gegenüber, wenn auch nicht vehement, daß dem immer so sein müsse. Immerhin, meinte er, habe man keine Leiche gefunden, es gebe von daher berechtigte Hoffnung, daß Sonja am Leben sei und es ihr vielleicht sogar – den Umständen entsprechend – gutgehe. Von einer Entführung müsse man nach Lage der Dinge zwar vorrangig ausgehen, das schon, aber nicht alle Entführer einer Fünfjährigen hegten sexuelle Motive. Gut möglich, daß Sonja irgendwo als eine Art *lebendiges Spielzeug* gehalten würde. In diesem Fall könne sich zwischen Kind und Entführer bald schon eine Art, ja, Beziehung, sozusagen, aufbauen, und je mehr Zeit verginge, desto schwerer würde es dem Entführer fallen, das Kind zu töten. Auch gebe es die Möglichkeit, daß Sonja von einer Frau geraubt worden sei, die sich einen Kinderwunsch erfüllen wollte, was zugegeben unwahrscheinlich war, in Anbetracht dessen, daß Sonja mit ihren fünf Jahren nicht mehr recht ins Beuteschema jener Täterinnen paßte.

Inzwischen war Sonjas Porträtfoto in allen Berliner Zeitungen erschienen. Die Medien hatten den Fall ziemlich hochgehängt, schon aus Mangel an sonstigen spektakulären Ereignissen.

»Mein Kind ist tot!« Sagte Maschjonka am Mittwochabend. »Ich fühle es!«

Es war düster im Pfennigschen Wohnzimmer, das nur von zwei Kerzen erleuchtet wurde.

»Sonja ist tot«, wiederholte Maschjonka leise und stierte ins Licht.

Robert nahm seine Frau in den Arm, obwohl er erst daran gedacht hatte, sie anzubrüllen, so defätistisch, so ungeheuerlich klangen diese im reinsten Indikativ dahingesagten Sätze. Maschjonka war schon immer so gewesen. Immer hatte sie zum frühesten Zeitpunkt die größtmögliche Katastrophe in den Raum gestellt und faktisch anerkannt, wenn bei objektiver Betrachtung allerhöchstens Anzeichen für etwas Ungewöhnliches vorlagen. So war es gewesen, als Swentja zum ersten Mal, ohne ihren Eltern davon Mitteilung zu machen, bei einer Freundin übernachtet hatte. So war es gewesen, als Robert eines Abends mit einer ehemaligen Schulflamme ausgegangen war und Maschjonka ihm hinterher auf den Kopf zugesagt hatte, daß er sie wegen dieser Tusse bald verlassen werde.

Swentja aber war wieder heimgekommen, und Robert hatte zwar tatsächlich sentimental gefärbten Hotelsex mit ›dieser Tusse‹ gehabt, aber nie auch nur einen Moment daran gedacht, seine Frau deswegen zu verlassen. Weswegen er mit ganz gutem Gewissen leugnete, daß da überhaupt irgendwas vorgefallen sei.

Nein, Maschjonkas Vorhersagen durften nicht überbewertet werden. Andererseits hatte Robert großen Respekt vor der angeblichen – wissenschaftlich nie belegten – quasitelepathischen Verbundenheit einer Mutter zu ihrem Kind.

Wenn Maschjonka sagte: »*Mein Kind ist tot. Ich fühle es*«, dann konnte er das nicht leichtfertig als Hirngespinst abtun, es war gleichbedeutend mit einem tiefen Stich in sein Herz, und er haßte seine Frau für solche Sätze, die alle Zuversicht und Hoffnung in ihm erlöschen ließen. Am liebsten wäre er hinausgerannt, aus den vier beinahe abbezahlten Wänden hinaus in ein völlig neues Leben. Aber da lag diese flennende Frau in seinen Armen und machte die Wirklichkeit zu einer Hölle ohne Ausweg.

Mascha Pfennig schluchzte, sie preßte sich an Roberts Brust, dann trommelte sie mit beiden Fäusten auf seine Schultern ein. »Mach etwas, bitte mach doch was, irgendwas!«

2

DONNERSTAG

Janine ging, nachdem sie vier Tage vergeblich auf eine Nachricht von Uwe gewartet hatte, in die Lebensmittelabteilung des Karstadt am Hermannplatz. Ihre Absicht war, es wie eine zufällige Begegnung aussehen zu lassen. Zwei Stunden lief sie zwischen den Regalen herum, im naiven Glauben, ein Marktleiter müsse sich irgendwann zwischen seinen Produkten blicken lassen, wie ein Feldherr hin und wieder Reden hält, um seine Soldateska gewogen zu stimmen. Janine kam sich blöd vor, durchaus, doch sich blöd vorzukommen hieß noch lange nicht, blöd zu sein. Sie konnte ihr Tun vor sich selbst vertreten, vergab sich nichts. Nur der Verdacht, Uwe könne sie über die Kaufhauskameras observieren und sich vor etwaigen Kollegen über sie lustig machen, trieb Janine dazu, aufzugeben. Sie hatte an diesem Nachmittag zwei Schülerinnen wegen angeblicher Krankheit abgesagt und ärgerte sich über diesen komplett fahrlässigen Ausfall an Einkommen. Janine zuckte, erlitt einen Spasmus, stützte sich an einer Litfaßsäule ab, bis ihre Nerven wieder Ruhe gaben. Während sie so auf dem Hermannplatz stand und noch ein paar Minuten lang ziellos und frustriert zwischen den Verkaufsständen der Marketender herumlief, sah sie, wie ein relativ großer Mann das Karstadt-Gebäude durch den Personaleingang verließ. Sie griff nach ihrer Brille. Es war Uwe. Er überquerte die Kreuzung, lief mit schnellen Schritten in ihre Richtung, bog dann ab, hinunter in die U-Bahn-Station. Janine rannte hinterher, um sich ihm in den Weg zu stellen, vielmehr zu werfen – dann entschied sie sich um und verfolgte ihn bloß. Er betrat eine Bahn der Linie acht, nach Norden. Janine sprang, gerade noch rechtzeitig, bevor die Türen schlossen, ins Nachbarabteil. Durch die Zwischenscheibe konnte sie ihn beobachten. Uwe las in einem kleinen roten Notizbuch. Janine wußte plötzlich nicht mehr, was genau sie ihm hatte sagen wollen. Beziehungsweise, sie wußte es noch ganz gut, aber es klang nicht mehr souverän, geschweige denn überzeugend. Eher larmoyant, anbiedernd und peinlich. Sie war nun heilfroh, daß es im Karstadt zu keiner Begegnung gekommen war. Uwe zu observieren machte mehr Spaß. Sie würde so vielleicht herausfinden, wo er wohnte. Wenngleich sie noch nicht wußte, wofür das genau gut sein sollte. Egal.

Uwe stieg, nach acht Stationen, an der Weinmeisterstraße aus und hetzte die Treppe hinauf. Janine hatte Mühe, ihm zu folgen. Er lief die Alte Schönhauser Allee entlang. Und plötzlich, auf der rechten Straßenseite, vor dem sehr beliebten vietnamesischen Lokal, dem *Monsieur Vuong*, traf er eine Frau, umarmte sie, küßte sie auf beide Wangen. Janine mußte eingestehen, daß die Frau attraktiv war, groß und schlank, Ende dreißig vielleicht, eine Wuschelhaarblondine mit kleinen Perlen am Hals, in Jeans und hohen braunen Stiefeln. Die perlmuttfarbene, ponchoähnliche Bluse (Jil Sander?) nahm der perfekten Silhouette ihrer Figur nichts weg.

Uwe redete auf die Frau ein, als müsse er sich für eine Verspätung entschuldigen. Beide betraten das Lokal, das zu dieser Tageszeit brechend voll war, standen eine Weile im Eingangsbereich herum, bis ihnen zwei freie Plätze an der breiten Theke zugewiesen wurden.

Janine stellte sich vor den Vorhang, zwischen zwei Raucher, und lugte durch den Schlitz. Uwe hatte seinen Arm locker um die Hüfte der Frau gelegt, was diese sich gefallen ließ. Das Monsieur Vuong war ein bei Touristen und Berlinern gleichermaßen beliebter Treffpunkt, um gut zu essen, ohne viel Geld ausgeben zu müssen. Janine bekam große Lust, Uwe eine Szene zu machen, bis sie, im letzten Moment, davor zurückschreckte. Welches Recht hatte sie denn auf diesen Menschen? Er hatte ihr eine Nacht sehr angenehm gestaltet, war offenbar an keiner Fortsetzung interessiert. Und sie, die ihm für diese eine Nacht von Herzen hätte dankbar sein müssen, überlegte nun, wie sie ihn in eine möglichst kompromittierende Situation bringen konnte. Es graute ihr vor sich selbst.

Der lichte Moment ging, wie er kam. Je länger sie darüber nachdachte, um so mehr gefühltes Recht sammelte sich in ihr, jetzt hier sein und Uwe beobachten zu dürfen.

»He, du! Bleib mal stehen!«

»Was?«

»Gehst du mit Swentja Pfennig in eine Klasse?«

»Tu ich. Warum?«

»Ich such sie. Muß ihr was sagen. War sie heut in der Schule?«

»Nö.«

»Mit wem hängt sie denn so ab? Hilf mir doch mal.«

»Ich kenn dich doch gar nicht.«

»Hilf mir einfach. Sonst lernste mich kennen. Das ist nicht für jeden schön.«

Genau in diesem Moment tippte ein Angestellter des Lokals Janine auf die Schulter und zeigte auf einen eben frei gewordenen Platz an der Theke. Wie in Trance, ohne nachzudenken, folgte Janine dem Vorschlag und setzte sich rechts neben Uwe, der währenddessen eifrig mit der Dame zur Linken parlierte und seine neue Nachbarin nicht wahrnahm. Ein Kellner nahm Janines Bestellung auf. Sie wollte den Apfel-Minz-Shake und einen kleinen Glasnudelsalat.

In diesem Moment warf Uwe einen Seitenblick nach rechts, zog die Stirn in Falten, schüttelte leicht irritiert den Kopf. »Kennen wir uns nicht?« fragte er in einem fast unschuldig zu nennenden Ton, wie man ein Gespräch beginnt, aber betonen will, daß es sich bei der Frage eben um keinen abgeschmackten Flirtversuch handelt.

»Jetzt, wo Sie es sagen. Wir haben vor ein paar Tagen miteinander geschlafen, glaub ich.« Janine fühlte sich veräppelt und reagierte dementsprechend gereizt, wollte in ihre Antwort genausoviel Bosheit legen, wie ihrer Meinung nach in der Frage mitgeschwungen hatte.

»Ich kann mich gut daran erinnern«, sagte Uwe. »Ich dachte nur, es wäre vielleicht nicht angebracht, in Anwesenheit anderer gleich *so* viel intime Information auf den Tisch zu legen.«

»Ich will nicht stören. Wo du ja schon Nachschub hast.« Janine ging zum Du über und vermied es, die ›Anwesenheit anderer‹ über die bloße Feststellung hinaus, etwa mit einem freundlichen Lächeln oder auch nur einem Blickkontakt, wahrzunehmen. Ihr schnippischer Tonfall wich einer Art Schüchternheit, ja Scham.

»Nachschub?« Uwe lächelte indigniert. Die Frau neben ihm klopfte an seinen Ellbogen. »Willst du uns nicht mal bekannt machen?«

»Sicher«, sagte Uwe. »Also: Das ist meine Frau, Julia. Bald wird sie, leider, meine Ex-Frau sein. Und das ist Kim, eine Tänzerin, wir kennen uns aus dem Internet.«

Julia reichte Janine die Hand. Janine wußte nicht, was sie tun sollte, und griff in Ermangelung anderer Möglichkeiten nach der Hand, kurz, ganz kurz, wie man einen heißen Kohlebrocken von einem Teller zum anderen stupst. Sie mochte nicht als *Tänzerin* vorgestellt werden, aber was hätte sie entgegnen sollen? Sollte sie einwerfen, sie sei mal Primaballerina in Darmstadt gewesen?

»Soso, du lernst Tänzerinnen aus dem Internet kennen! Und? Seid ihr jetzt zusammen?«

Uwe vollführte als Antwort eine Geste, die das deutlich offenließ, in der größtmöglichen Schwebe, sozusagen. Dazu machte er ein Schnalzgeräusch, das in viele Richtungen hin deutbar blieb. Janine/Kim war inzwischen rot angelaufen und wollte schnell gehen, aber ihr Essen war bestellt und sie konnte sich keinen peinlicheren Verlauf vorstellen, als einfach einen Zehn-Euro-Schein auf den Tisch zu legen und zu flüchten. Sie mußte jetzt ihr Gesicht wahren, mußte cool sein, mußte sich der Situation gewachsen zeigen, in die sie durch ihre eigene Unbeherrschtheit geraten war.

»Man wird sehen«, hörte sie sich wie aus weiter Ferne reden. »Sexuell hat es durchaus gefunkt, jetzt muß man halt noch das Zwischenmenschliche… äh… einer Prüfung unterziehen.« Janine konnte selbst kaum glauben, was Kim da von sich gab.

Julia König schmunzelte. Das sei interessant. Früher, sagte sie, habe man das ja andersrum gehalten, aber eigentlich sei dieser Weg der effektivere, denn was nützten alle zwischenmenschlichen Kongruenzen, wenn es dann im Bett nicht klappen würde.

Der Tonfall, in dem Julia dies vortrug, ließ auch eine ironische Interpretation zu. Janine wußte nicht mehr aus noch ein. Diese elegant-parlante Schickse spielte Spielchen mit ihr, denen sie momentan nicht gewachsen war. Der Glasnudelsalat und der Apfel-Minz-Shake wurden gebracht. Janine zahlte sofort, um sich ein wenig Handlungsfreiheit zu sichern.

»Sag mal, Brandbeschleuniger, wann sehen wir uns eigentlich wieder?«

Uwe dachte einen Augenblick zuviel nach. »Wir rufen uns einfach zusammen, oder?«

Janine dachte: Pustekuchen. Die Kim in ihr aber nickte. »Gut, machen wir, gibst du mir noch mal deine Nummer? Ich hab sie, fürchte ich, verschlampt.«

Uwe überlegte zwei, drei Sekunden, schrieb dann eine Nummer auf einen Bierdeckel und reichte ihr den, wie man als Dealer beim Blackjack eine verdeckte Karte gibt. Janine nahm den Bierdeckel, steckte ihn in ihre Handtasche, ließ den Glasnudelsalat, bis auf zwei, drei Alibigabeln, unberührt stehen, stürzte den halben Shake in einem Zug hinunter und entschuldigte sich, sie müsse noch einen Termin wahrnehmen, der ihr entfallen sei. Mit diesen Worten verließ Janine das Lokal, so hastig, daß sie wegen der ungewohnten hohen Schuhe beinahe noch umgeknickt wäre. Sie hätte gern jemanden, irgendeine neutrale Instanz, gefragt, mit der Bitte um ehrliche Antwort, ob sie sich lächerlich gemacht hatte. Andererseits: Scheiß drauf. Es gab so viele Menschen. So viele. Milliarden. Und alle würden in hundert Jahren tot sein. Sie war nur einer davon. Für Uwe traf nichts anderes zu.

3

Es sei, sagte Holger, leicht, Bettler zu bestehlen.

»Man zeigt die kleine Münze – zehn oder zwanzig Cent, bückt sich, legt sie in die Kiste, hält Sichtkontakt und sagt laut: *Hier bitte!* Der Bettler sieht dich derweil an und dankt dir, während du die größere Münze, einen oder zwei Euro, aus seiner Kiste fischst. Noch leichter als Bettler sind Saxophonspieler zu beklauen, die haben ihr fettes Instrument vorn Augen und blicken nicht, was vorgeht. Denen kann man, wenn man flinke Finger hat, schon mal mehrere Münzen ausm Koffer fischen.«

Aber das sei doch nicht okay, Bettler zu beklauen, meinte eines der Mädchen, Tine, die mit dem blonden Pferdeschwanz und der Zahnlücke.

»Die verdienen bis zu zweihundert Euro am Tag«, klärte Holger sie auf. »Das sind Spitzenverdiener! Und tun überhaupt *nix* für die Kohle! Nur rumlungern und die Hand aufhalten!«

»Ach so«, sagte Tine und dachte darüber nach.

Maschjonka neigte zu apodiktischen Aussagen, zu Defätismen und Schwarzweißmalereien aller Art. Robert hatte gelernt, derlei locker zu nehmen, aber als sie ihm am frühen Abend, ohne jeden Anflug von Sarkasmus, »Danke!« ins Ohr flüsterte, sie sei wieder schwanger, wurde ihm anders. Genau dasselbe hatte sie nämlich an jenen Abenden gesagt, als Swentja und Sonja gezeugt worden waren. Und beide Male hatte sie recht behalten.

Nein, er wollte kein drittes Kind. Er sagte das nicht laut und auch nicht leise. Er war verwirrt bis entsetzt. Gestern, als Mascha ihn gebeten hatte, etwas zu tun, irgendwas, hatte er mit ihr geschlafen, zum ersten Mal seit Monaten. Es war selbstverständlich ihr Einfall, ihre Entscheidung gewesen, sie hatte ihm die Hose aufgeknöpft und ihm hysterisch das Hemd vom Leib gerissen. Ob Mascha gewußt hatte, fragte er sich jetzt, daß es ein gefährlicher Tag gewesen war? Natürlich, dachte er. Jede Frau weiß das, und Mascha sowieso. Robert fühlte sich überrumpelt und hintergangen. Ausgenutzt. Daß er vor dem Erguß auch einen Rückzieher hätte machen können, diesen Gesichtspunkt blendete er vor sich aus, das war im Moment nicht das Thema.

Herrgott, jetzt, da sie Sonja vielleicht für immer verlieren würden, wie hätte er da seiner Frau verbieten können – ? Unmöglich. Aber durfte man aus trauertherapeutischen Gründen ein Kind in die Welt setzen?

Robert seufzte und fluchte, immer abwechselnd, holte die Flasche Cognac aus dem Keller und schenkte sich ein großes Glas ein. Hauptsache, Maschjonka hörte hin und wieder auf zu schreien und zu weinen. Alles war besser.

»Was für eine groteske Person!«, seufzte Julia, als jene *Kim* endlich das Weite gesucht hatte.

»Du bist wirklich einzigartig, Julia. Und grausam. Muß ich dir zum x-ten Mal sagen.«

»Bin ich. Weiß Gott. Warum hat sie dich *Brandbeschleuniger* genannt?«

»Naja, weißt du… Manchmal denke ich, wir sollten uns vielleicht doch nicht scheiden lassen.«

»Ach komm. Werd nicht sentimental. Vorbei ist vorbei. Aber mußt du wirklich alles vögeln, was sich dir in den Weg wirft? Mensch! Sei künftig ein bißchen wählerischer, ja? Du solltest Frauen vermeiden, die sich gleich in dich verlieben.«

»Hast du mich wenigstens noch gern?«

»Merkst du das nicht?«

»Und du? Hast du inzwischen wen neuen?«

Julia schüttelte den Kopf. Dafür habe sie keine Zeit. Selbst daß sie hier mit ihm sitze, sei aus Vernunftgründen kaum zu verantworten.

»Du hast überhaupt keinen Sex mehr?«

»Doch. Immer sonntags.«

»Wie bitte?«

Julia nippte schuldbewußt an ihrem kalorienreichen Kokos-Ananas-Shake und gab keine weiteren Auskünfte. Ihre Ehe mit Uwe war daran gescheitert, daß er fast zehn Jahre jünger war als sie und zuwenig beruflichen Ehrgeiz zeigte. Im Bett war er zugegeben eine Granate gewesen, aber darauf allein ließ sich keine langfristige Lebensgemeinschaft aufbauen. Er, der geborene Filou, hatte stets beklagt, daß sie zuwenig Zeit für ihn erübrige, zu sehr mit ihrem Job verheiratet sei. Er, der sich mühevoll vom Fachverkäufer zum Marktleiter hochgearbeitet hatte und darauf mordsstolz war, konnte nicht verstehen, daß sie mit fünfzig rundum abgesichert sein, ein Haus mit zehn Zimmern an der französischen Riviera haben wollte und genug Schotter auf dem Konto, um sich ganzkörperrasierte Granaten im Bett auch dann noch leisten zu können, wenn längst kein Schwanz mehr beim Anblick ihres entkleideten Körpers hochschnellen würde wie ein wachsames Erdmännchen. Julia wollte dem Alter, das sie so sehr fürchtete, eine Schnippe schlagen, und ihr Plan war, wie sie fand, hervorragend durchdacht. Uwe hatte für diese Weitsicht nie Verständnis gezeigt, geschweige denn Beifall gespendet. Er war ein Zwerg. Und würde immer einer bleiben. Ein großschwänziger Zwerg.

Das einzige, was Julia je aus Liebe getan hatte, nämlich Uwe zu heiraten, in einem Anfall von durch nichts gutzumachender Romantik, hatte sich, wie von ihrem seligen Vater einst prognostiziert, als Zeitverschwendung, als schwülstige Schnurre herausgestellt.

Und doch – auf jener Ebene der von allen Hintergedanken freien, simplen Gefühle – mochte sie ihren Mann noch immer. Zudem hatte die Heirat auch etwas bleibend Gutes gehabt. Sie hatte aus Julia Senfmüller eine Julia König gemacht – diese Umbenennung war von nicht hoch genug einzuschätzendem Nutzen gewesen.

Mahmud hatte eine detektivisch zu nennende Recherche betrieben. An Swentjas Schule bekam er durch ziemlich hartnäckiges Nachfragen die Namen ihrer engsten Freundinnen heraus und telefonierte die reihum an. Er war auch noch mal bei den Pfennigs gewesen, aber die hatten ihm die Tür vor der Nase zugeschmissen, er solle sich hier vorläufig nicht blicken lassen, ihm fehle es offensichtlich an Taktgefühl.

Bei Marlene hatte er mehr Glück. Statt, wie ihr aufgetragen worden war, zu behaupten, nichts über Swentja zu wissen, dachte Marlene, diese Auskunft gelte nur, falls Swentjas Eltern nach ihr fragten.

»Ja, sie ist hier. Willst du sie sprechen?«

»Nein, ich komm gleich vorbei.«

»Da muß ich sie aber erst fragen, ob ihr das auch recht ist.« Sagte Marlene und drehte sich nach Swentja um, doch in diesem Moment klingelte Mahmud bereits an der Haustür.

Johnny war weniger einfallsreich gewesen. Auch er hatte die Pfennigs noch einmal aufgesucht und in Erfahrung gebracht, daß Swentja derzeit auswärts, bei irgendeiner Freundin nächtigte, sie wüßten nichts Genaueres und könnten ihm nicht weiterhelfen.

Johnny kam nicht auf die Idee, in der Dreimillionenstadt nach Swentja zu suchen, wobei, die Idee kam ihm schon, sie schien ihm jedoch allzu absurd. Zwangsläufig mußte er seine Energien in andere Bahnen lenken. Er beschloß, etwas zu tun, wofür ihn sein Vater, falls er je davon Kenntnis erhielt, verstoßen würde. Natürlich würde der Vater ihm danach irgendwann wieder verzeihen, das war ebenso vorhersehbar wie von Grund auf vorhergesehen. Strafe und Vergebung waren feste Bestandteile seiner pädagogischen Liturgie. Doch erst einmal würde er ihn verstoßen, vielleicht nicht verfluchen, aber verstoßen. Pfeif drauf. Johnny hatte nicht vor, das, was er vorhatte, seinen Eltern zu offenbaren. Aber etwas, er wußte selbst nicht so genau, was, lag ihm daran, künftig eine Sünde mit sich herumzutragen, die er seinen Eltern bei Gelegenheit offenbaren *könnte*. Sei es, um sie brutal vor den Kopf zu stoßen oder wenigstens zu verwirren.

Marlene öffnete. Draußen stand ein junger Araber. Marlene, deren alleinerziehende Mutter im Kaufland als Kassiererin arbeitete, war tagsüber die Herrin im Haus und konnte frei entscheiden, wer reinkam und wer nicht. Aber dieser Typ wartete ihre Entscheidung erst gar nicht ab, stürmte an Marlene vorbei wie ein Sondereinsatzkommando. Und sie fürchtete sich vor ihm.

»Swentja?«

Swentja saß mit einer Tüte Erdnußflips im Wohnzimmer vor dem Fernseher, wo sie mit Marlene eben noch eine DVD aus der ersten Staffel von *Nip Tuck* geguckt hatte.

»Mahmud?«

»Du kennst den?« wollte Marlene wissen.

»Ich kenn den.« Swentja empfand Mahmuds unangemeldeten Besuch als erfrischende Überraschung.

»Läßt du uns bitte allein? Wir haben was zu besprechen.« Sagte Mahmud in Richtung Marlene, der das alles höchst eigenartig vorkam, die deshalb in der Wohnzimmertür stehenblieb, bis Swentja ihr einen Wink gab, es sei gut so, sie möge sich bitte nicht einmischen. Leicht beleidigt stampfte Marlene in die Küche, um sich einen Kakao zu machen.

Vincent und Vivien gehörten lose der Religionsgemeinschaft der Alliteraten an. Zwar waren beide ansonsten eher rationale Menschen, aber daß ihre Vornamen jeweils mit Vi begannen, hatten sie als romantischen Wink des Schicksals verstanden. Oder immerhin als wunderschönen Zufall.

Seit gut fünf Monaten waren sie nun zusammen, nach einer denkbar dramatischen ersten Begegnung, als Vincent die einundzwanzigjährige Obdachlose dabei erwischt hatte, wie sie am Weihnachtsabend in seine Wohnung eingebrochen war. Es stellte sich heraus, daß sie als Gelegenheitsnutte, er als Gigolo (welch diskrepanter Klang) Geld verdiente – und bald waren die beiden rettungslos, ja fast kindisch ineinander verliebt gewesen. Um etwas nur für sich zu haben, trafen sie eine Vereinbarung. Vincent würde nie in eine seiner Kundinnen ohne Gummi abspritzen, umgekehrt würde Vivien es keinem Freier, egal, welche Summen der bot, erlauben, sein Sperma mit ihrer Haut in Berührung zu bringen. Beide fanden ihren Job im Grunde nicht so übel, und jene Vereinbarung erlaubte ihnen, jenseits des prosaischen Anschaffens, ein Rückzugsgebiet zärtlicher Zweisamkeit. Würden sie beide fünfzehn Jahre arbeiten und sparsam leben, konnten sie sich danach zur Ruhe setzen und ein Kind zeugen. So lautete der große Plan, unter dessen Dach sie glücklich lebten. Nun herrschte Diskussionsbedarf.

Vincent berichtete, er habe das Angebot bekommen, in einem Pornofilm mitzuwirken. Der Produzent sei an ihn herangetreten, wolle ihn engagieren, ihn und nur ihn, er habe sich sogar schon einen brüllend komischen Künstlernamen für ihn ausgedacht: *Vincent Van Cock*, naja, wie auch immer, es solle ein epochemachender, revolutionärer, witziger Porno jenseits aller konsumistischen Sehgewohnheiten werden, mit Stil und Glanz, kein billiger Schund, ein Turbo-Porno der nächsten Generation, den auch Frauen gerne gucken würden, mit allseits nachvollziehbarer Lustentwicklung, mit psychologisch fein gestalteten Identifikationsfiguren statt fleischlichen Preßlufthämmern, die blöde Macho-Sprüche absonderten. Vincent habe die Idee unterstützenswert gefunden und sogleich Vivien als mögliche Partnerin ins Spiel gebracht – allein, der Produzent habe abgewinkt, nachdem er ihr Foto sah. Vivien sei ihm zu dürr, er wolle Frauen zeigen, die Ärsche und Kurven besaßen, richtige Frauen, aus der Mitte des Lebens, durchaus mit kleinen Problemzonen. Nun saßen Vincent und Vivien zusammen in der Küche des Apartments, das sie sich seit jenem Weihnachtsabend teilten, streichelten sich gegenseitig die Kopfhaut und tranken Grüntee.

»Ich bin dem zu dürr?«

»Leider.«

»Aber du möchtest da mitspielen?«

»Es hört sich wie ne gute Sache an. Politisch gesehen. Und ich würde gern mal innem Porno mitspielen. Ja.«

»Warum?«

»Damit ich mich im Alter betrachten kann. Wie ich mal war.«

»Okay. Das ist ein guter Grund.« Vivien strich ihrem Vincent über die Stirn.

»Sicher werd ich meiner Filmpartnerin in den Mund kommen müssen. Mit Gummi ist da sicher nichts zu machen.«

»Du willst meine Erlaubnis dafür haben?«

»Ja.«

»Du bist süß.«

»Wär das denn okay für dich?«

»Du verdienst zweitausend Euro damit?«

Vincent nickte.

»Das ist okay. Da kann niemand nein sagen. Wir legens auf die hohe Kante und gut.«

»Danke. Ich liebe dich.«

»Da nich für.« Vivien wollte endlich die Sprache auf ihre eigenen Kollisionen mit der Wirklichkeit bringen, zum Beispiel der, daß ihre psychotische Tanzlehrerin ihr keinerlei Talent bescheinigt und sie in den Wind geschickt hatte. Aber es klingelte an der Tür.

Mahmud und Swentja saßen einander gegenüber, sie auf der Couch, er auf dem speckigen alten Ledersessel, auf dem die Nackenhaare von Marlenes Vater einen Fettfleck hinterlassen hatten.

Sonst hatte Marlenes Vater der Familie nichts hinterlassen, als er vor zwei Jahren an Leberzirrhose gestorben war, aber davon ahnte Mahmud nichts und den Sessel fand er ganz gemütlich, fläzte sich hinein und rauchte eine Selbstgedrehte.

»Wie geht das nun weiter mit uns?« fragte er Swentja in einem seltsam gezierten, beinah resignativen Tonfall, als wäre er so was wie Swentjas Bewährungshelfer, dem allmählich die Geduld verlorenging. Swentja wußte nicht, was sie antworten sollte, und stellte schließlich eine Gegenfrage. »Liebst du mich oder willst du mich nur ficken?«

»Wie kommste auf die Idee, daß ich dich –« *Lieben würde*, wollte Mahmud eigentlich sagen, aber es klang bereits in Gedanken zu grob, und er entschied sich spontan um.

»Nur ficken will? Glaubst du, wenn ich dich nur ficken will, mach ich son Gerenne und reiß mir beinahn Bein aus, um dich zu finden?« Mahmud registrierte überrascht, daß diese Schmeichelei gar nicht so verlogen rüberkam, ja einigermaßen glaubhaft klang. Sogar in seinen eigenen Ohren! Er begriff, daß irgend etwas vorging mit ihm, das ihn unter Kontrolle hatte, nicht andersherum.

»Wir könnten«, hörte er Swentja sagen, »ja erst mal das machen, was wir sowieso vorhatten. Ich brauchn bißchen Geld, weißte, ich lieg Marlenes Ma auf der Tasche und freß mich bei ihr durch. Zu meinen Eltern will ich grad nicht zurück.«

»Ach? Du willst Kohle von mir!« Mahmud tat, als sei er von dem Vorschlag leicht angewidert. War es nicht eben um Liebe gegangen? Oder wollte Swentja einen Beweis seiner Liebe in finanzieller Form? Und war das okay? Mahmud blickte da nicht mehr recht durch. Plötzlich erhob sich Swentja vom Sofa, setzte sich auf seinen Schoß und küßte ihn. Und alles war gut und sagenhaft einfach geworden, von Augenblick zu Augenblick.

Bis er sie eine Hure nannte.

Johnny stand vor der Tür und brachte außer *Hallo* kein Wort heraus. Er deutete stumm auf die rot umkringelte Anzeige in der BZ – *Vivien, 21, Kindfrau, schlank, empfängt von 11-21 Uhr.*

Viv hatte Erfahrung mit Jungs, denen es die Sprache verschlug. Sie nahm Johnny am Arm und zog ihn in die Wohnung. Der Ärmste schien derart gehemmt, daß er nicht einmal nach den Preisen fragte, für dies oder das.

»Möchtest du einen Tee?«

Johnny schüttelte den Kopf. Ihm kam die Frage vor wie blanker Spott. Es war doch wohl klar, was er wollte. Tee nun mal nicht. Er war so aufgeregt, daß er am liebsten kehrtgemacht hätte und aus der Zone des Bösen herausgerannt wäre. Aber die Zone des Bösen sah lieblich aus und zuvorkommend. So grazil und sanft und gar nicht böse, auf den ersten und zweiten Blick.

»Wie heißt du denn?«

»Johannes.«

»Worauf stehst du?«

»Weiß ich nicht.«

Vivien hatte den Jungen in ihr Zimmer geschoben. »Setz dich bitte!«

»Aufs Bett?«

Es gab sonst keine Sitzmöglichkeit, doch Viv unterdrückte ein Lächeln, beantwortete die Frage sachlich, ohne sarkastischen Unterton. »Ja, klar.«

Johnny setzte sich auf das Wasserbett, und wie er da saß und wippte, während sein Puls raste und seine Knie zitterten, bot er ein berührendes Bild kaum kaschierter Schutzlosigkeit.

»Ich muß noch mal aufs Klo!«

»Kein Problem.« Viv zeigte ihm den Weg zur Gästetoilette. Johnny schloß ab und holte sich über der Klomuschel einen runter, es kam ihm binnen zwanzig Sekunden. Sein Penis blieb danach steif. Er war so erregt, daß es ihm auch zum zweiten Mal in Rekordfrist gekommen wäre, und vielleicht sogar zum dritten Mal, wer weiß? Lange zögerte er das Wiedersehen mit Viv hinaus. Sie würde seine erste Frau sein, wenn er dieses Klo verließ, und sie war hübsch, roch gut, war freundlich und begehrenswert, eine Elfe, ein Engel. Ein gefallener Engel, der ihm so gut gefiel. Eine Falle. Wenn er dieses Klo verließ.

»Johannes? Alles klar da drin?«

Johannes antwortete nicht.

4

Janine rief Uwe gegen Abend an. Genaugenommen rief sie die Nummer an, die Uwe auf den Bierdeckel gekritzelt hatte. Es meldete sich der Nachtportier der Charlottenburger Sternwarte, der zwar keinen Uwe kannte, aber sofort seine Freude zum Ausdruck brachte, die Stimme einer Frau zu hören. Er lese viel, berufsbedingt, sei einsam und ein guter Mensch, zweiundsechzig Jahre alt. (Er machte sich fünf Jahre jünger.) Janines Enttäuschung wich binnen weniger Minuten dem bedingungslosen Wunsch nach Rache. Vor Wut bekam sie den schlimmsten Anfall ihres Lebens, ging zuckend zu Boden und wollte sich danach nur noch betrinken.

»Du nennst mich eine *Hure*? Hast du sie noch alle?«

Swentja warf ihm ein Kissen ins Gesicht. Mahmud drückte seine fast fertig gerauchte Zigarette auf der Lehne des Ledersessels aus, schnippte den Stummel in Swentjas Richtung, stand auf und ging. Noch bevor er die Wohnungstür erreichte, tat es ihm leid, er hatte plötzlich keine Ahnung mehr, welcher Teufel ihn eben geritten hatte. Aber zu sagen, daß es ihm leid tat, kam nicht in Frage, also trat er auf die Straße hinaus und kippte eine Mülltonne um. Swentja und Marlene (die wegen des Brandflecks im Sessel auf hundertachtzig war) beobachteten ihn erschrocken durchs Küchenfenster. Er grinste beide an, mit wild verzerrter Fratze, zeigte ihnen den Stinkefinger. Schweinefresserhuren, verdammte. Tränen schossen ihm über die Wangen, aber das konnten die Mädchen nicht sehen, denn er war fortgelaufen.

»Johannes! Mach endlich auf! Was machst du da drinnen? Was soll das?«

Johnny gab keine Antwort. Er fühlte sich sicher auf dieser Gästetoilette, er wollte nicht mehr hinaus. Auf diesen drei Quadratmetern würde er vorläufig verschont bleiben von all den Konsequenzen, die ihm ansonsten drohten. Warum vergaß ihn der gefallene Engel nicht einfach und lebte sein sündiges Leben? Warum stellte der Engel soviele Fragen? Wen störte er hier? Man sollte ihn einfach in Ruhe lassen.

»Freundchen, sperr die Tür auf!«

Johnny erschrak. Das war die Stimme eines Mannes, die er da hörte. Diese Stimme klang nicht lieblich, nein, und es kam noch schlimmer. Jemand rannte gegen die Tür an.

Einmal. Zweimal. Dann gab das Schloß nach und zerbarst, und die Tür traf Johnny an der Schläfe, schleuderte ihn gegen die Wand. Er war einer Ohnmacht nahe, leider nur nahe, sehnte sich nach ihr, ohne sie zu erreichen, er blutete, nicht schlimm. Und jemand, der kräftig und groß war, packte ihn am Kragen, kein Zweifel, der Teufel, nun nicht mehr in der Gestalt einer jungen zierlichen Frau unterwegs, hatte ihn gefunden, bemächtigte sich seiner, zog ihn in die Finsternis.

»Bist du nicht ganz richtig im Kopf? Hast du dir was gespritzt?«

Der Teufel stellte, statt Johnny einfach zu fressen, seltsame Fragen, die auf raffinierte Weise fürsorglich klangen. Hinter ihm stand die Elfe, der halbnackte, blutjunge Engel der Liebe. Johnny rieb über seine Schläfe, betrachtete das Blut auf seinen Fingern, und der Teufel sagte, er heiße Vincent, es tue ihm leid, er habe sich eben Sorgen gemacht.

»Thomas, wir müssen reden!«

Carla hatte, ohne anzuklopfen, Dr. Sterns Büro betreten, in dem er sich nach 20 Uhr gern einen Glenfiddich gönnte, während er, über Akten gebeugt, wie so häufig darüber sinnierte, ob für ihn nicht doch ein anderes, erfüllenderes Leben möglich gewesen wäre. Immerhin besaß er eine treue und kluge Frau und eine wilde, sportliche Geliebte, das Haus war beinahe abbezahlt, es gab keine quengeligen Kinder, die zu erziehen waren, man mußte die positiven Seiten sehen. Daß ihn sein gutbezahlter Job ankotzte, bitte sehr, was hätte sein Vater dazu gesagt, der langzeitarbeitslose Schreinermeister, der zwei Finger seiner linken Hand in der Kreissäge ließ und vor Scham darüber, daß seine Frau die Familie durchbringen mußte, gestorben war. Um nicht länger im Weg zu stehen. Der hätte gesagt – aber in diesem Moment kam Carla durch die Tür, mit irgendeinem Redebedürfnis, und Sterns Selbsttherapie wurde jäh unterbrochen.

»Ja? Worum gehts denn?«

»Ich möchte, daß wir von jetzt an nur noch normal befreundet sind.«

Carla sah in ihrem grauen Businessanzug hinreißend aus, schnittig und edel, und was sie da von sich gab, war längst schon von ihm so oder ähnlich erwartet worden. Vom Anfang der Beziehung an hatte er einen Satz wie diesen einkalkuliert. Ihm war klar gewesen, daß ein Geschöpf wie Carla letztlich nicht lange für einen Mann wie ihn bestimmt sein konnte. Thomas hatte es zwischendurch nur vergessen oder verdrängt gehabt, deshalb traf ihn das Ende jetzt schwerer als nötig.

»Verstehe.«

Wieviel Mühe hatte er sich gegeben, ihrer Partnervorstellung halbwegs zu entsprechen. Über fünf Monate waren sie jetzt schon zusammen, und selten genug hatte er sich ihr gegenüber als der präsentiert, der er war. Stets hatte er mehr aus sich zu machen versucht. Carla war ein Jungbrunnen gewesen, an ihrer Seite hatte er sich wieder wie dreißig gefühlt, und nun?

Nun war alles vergebens, sie hakte ihn ab, hatte genug, gut, das mußte er akzeptieren, mußte froh sein um die abenteuerliche Zeit, die sie ihm gegönnt hatte, die vielleicht beste in seinem Leben.

»Okay.«

Wie um sich eine Würde zu erschleichen, die er nicht besaß, für die er nicht bestimmt war, tat er so, als habe auch er mit Carla abgeschlossen, als füge er sich bereitwillig, ohne in der erloschenen Glut lange nachzustochern, in seine neue Rolle des befreundeten Chefs.

Zugleich wurde ihm klar, daß er Carlas wundervolle wachsrasierte Möse womöglich nie mehr zu Gesicht bekäme, daß er nie mehr in ihren kleinen Hintern würde beißen dürfen, nein, nicht einmal ihre marmorglatten Schenkel und rotlackierten Zehen abzulecken würde ihm je wieder vergönnt sein.

Carla war überrascht und froh, daß Thomas so gelassen reagierte. Sie strich ihm ein letztes Mal über die Wange, wie um einen Zauber von ihm abzustreifen, verließ sein Büro und bekam nicht mehr mit, wie er Rotz und Wasser heulte und sich immer wieder aus der Whiskeyflasche nachschenkte, bis er betrunken war.

Er rief Sarah an, sie sollte ihn abholen. Er hatte Sarah. Carla hatte niemanden wie Sarah. Ein solches Privileg mußte sie sich erst noch erarbeiten. Aber Sarah ging nicht ran, und er bestellte stattdessen ein Taxi.

Gegen 21 Uhr wurde Uwe König Opfer eines Raubüberfalls. Er kam aus dem Fitnessstudio, wo er eine Stunde lang vor allem seine Bauchmuskulatur trainiert hatte, ging die Heinrich-Heine-Straße nach Süden, Richtung U-Bahn Moritzplatz, als ihm plötzlich jemand von hinten ein Messer an die Kehle hielt und eine noch jugendliche Stimme rief, er solle seine Kohle rausrücken.

Uwe hatte stets gewußt, daß die Gegend nicht ungefährlich war, deshalb trug er nie viel Bargeld bei sich. Der Angreifer hatte ihn ein Stück von der Straße weggedrängt, es gab auf Sichtweite keine Passanten, und von einem der Autos aus, die vorbeifuhren, wäre Uwes Situation schwer zu beurteilen gewesen. Ein geschickt gewählter, kaum beleuchteter Tatort, der zwischen dem geschlossenen Lidl-Lebensmittelmarkt und einem nach Pisse riechenden Gebüsch lag. Selbst schuld, dachte Uwe, holte sofort die Geldklammer aus der Hosentasche und ließ sie fallen. 120 Euro waren es nicht wert, irgend etwas zu riskieren.

»Dreh dich bloß nicht um!« befahl die Stimme, Uwe sah, wie eine Hand nach den Scheinen griff, er hätte in diesem Moment auf die Hand treten können, mit relativ guten Erfolgsaussichten, aber nein, er wollte nicht den Helden spielen. Er hörte, wie der Angreifer davonlief, mit harten, im Kies knirschenden Schritten an der Mauer des Lidl-Marktes entlang, in Richtung der Hochhäuser. Shit happens. Das war überstanden.

Erst jetzt stellte sich der Schock ein. Uwes Herz raste, ein Schweißausbruch durchtränkte ihm die Kleidung, seine Knie zitterten, und krampfhaft versuchte er sich einzureden, daß die 120 Euro sich gelohnt hatten, gut angelegt waren, immerhin konnte er nun sein Leben lang die spannende Geschichte erzählen, wie er Opfer eines Raubüberfalls geworden war, mit einem Messer an seiner Kehle. Einem blitzenden Messer an seinem Adamsapfel!

Aber wie geschickt er seine Situation auch reflektierte, es blieb das zentnerschwere Gefühl der Demütigung, es kam die Wut und es kam die Angst, die erst jetzt, da die Gefahr doch schon vorbei war, zu vollem Ausmaß gelangte. Wegen so wenig Geld vielleicht tödlich verletzt zu werden, die Fragilität der eigenen Existenz so lapidar, en passant, verdeutlicht zu bekommen, durch irgendeinen gewissenlosen Abschaum – das zu überwinden, einfach von sich zu streifen, nein, dafür reichte kein psychologischer Trick. Er betatschte seinen Hals, suchte nach Blut. Da war kein Blut, aber irgendwie blutete er doch.

Es war Uwe Königs Eitelkeit, die da blutete. Weil sehr wahrscheinlich gar nichts passiert wäre, hätte er sich einfach geweigert, Geld rauszurücken.

Er wollte den Rest des Abends auf keinen Fall allein verbringen, wollte sich schnellstmöglich jemandem anvertrauen, die Nähe eines Menschen spüren. Aber Julia kam nicht in Frage, sie war keine geborene Trösterin und hatte ihm schon am Nachmittag, ganz ausnahmsweise, eine Stunde ihrer so wertvollen Zeit gegönnt, um Einzelheiten der Scheidung zu besprechen.

Diese *Kim* fiel ihm ein. Sobald er in der U-Bahn saß, kramte er ihre Nummer hervor.

Johnny schämte sich noch immer. Vincent und Viv waren nett zu ihm gewesen, bereit, aufmerksam zuzuhören, sie hatten ihm zu trinken und zu essen angeboten, sie klebten ein Pflaster auf seine Stirnwunde, schienen ernsthaft an seinen Problemen interessiert, er aber war noch einen Moment, weil ihm schwindelte, am Küchentisch gesessen, verwirrt, verstockt, bevor er Anlauf nahm. Als gelte es, brutalen Sklavenhändlern zu entkommen, war er zur Tür hinaus ins Freie gerannt. Er hatte sich auf dem Kreuzberg in eine Wiese gelegt, mitsamt seinem gründlich in Trümmer und Splitter zerfallenen Weltbild. Der Geruch des frischen Grases, durchwoben von einem Hauch ferner Hundescheiße, entsprach ganz gut seinen Empfindungen. Er mußte ein anderer Mensch werden, mußte sich von Grund auf suchen und neu erfinden. Mit dem Duft und der Kraft des frisch über seiner Vergangenheit gewachsenen Grases. Minus der Hundescheiße. Ihm war, als ob er sich geschämt hätte, seit er denken konnte.

Johnny atmete tief und wartete, bis es dunkel war, um sich danach weniger beobachtet zu fühlen. Endlich erhob er sich und wankte ziellos in die Nacht. Er stand auf der wuchtigen Langenscheidtbrücke, streichelte den schwarzen Stahl, sah den Zügen zu, die unter ihm vorbeirasten, spürte den Wunsch, auf irgendeinen aufzuspringen, sich von irgendeinem zermalmen zu lassen – und sah doch jedem immer nur hinterher.

Jemand stand neben ihm. Johnny nahm ihn nur aus den Augwinkeln wahr, vermied es, genauer hinzusehen, aus Furcht, es könne vielleicht der Vater sein. Nein. Der war es nicht. Schlimmer.

»Was treibst du hier?«

Es war der junge Araber, der ihn neulich auf dem Kinderspielplatz verprügelt hatte. Johnny erkannte ihn gleich wieder und straffte seinen Körper in Erwartung einer neuen Attacke.

»Ich seh mir die Züge an. Und du?«

»Ich seh mir erst mal dich an.«

»Heute war ich bei einer Nutte.«

»Komisch. Ich auch.«

Johnny hörte nichts Feindseliges aus Mahmuds Worten heraus, wenngleich sie verbittert klangen. »Wars gut?«

»Nein, bin wieder gegangen.«

»Ich auch.«

»Sag mal«, brauste Mahmud nun auf, »du redest nicht etwa von Swentja?«

»Nein, natürlich nicht. Vivien. So hieß sie. Vivien!«

»Okay. Mit der kannst du machen, was du willst.«

Johnny hörte heraus, daß mit diesem Satz ein gewisser Besitzanspruch verbunden war, den Mahmud auf Swentja erhob, aber er war in diesem Moment nur froh, sich eventuell gar nicht erneut prügeln zu müssen.

»Swentja hat über dich abgelästert. Sie meinte, du wärst in soner geisteskranken Sekte, und daß du sie erst heiraten müßtest, um sie vögeln zu dürfen.«

»Und in welcher Sekte bist du?«

Mahmud mußte lachen. »In einer gigantischen.«

»Du trinkst kein Bier, oder?«

»Nee.«

»Ich auch nicht.«

»Quatsch, natürlich trink ich Bier! Glaubst du, Muslime trinken kein Bier oder was?«

Johnny entschuldigte sich, er wisse über Muslime recht wenig Bescheid.

»Faisal, mein Bruder, der trinkt nicht, weil er glaubt, das trübe seinen Blick auf Allah. Er ist ein Sehender. Er hat nen Platz mit Panoramablick gepachtet. Ich nicht. Gehen wir einen trinken?«

Johnny, immer noch mißtrauisch, traute dem Frieden nicht, auch hatte er Angst vor einer zweiten Bekanntschaft mit dem Alkohol. Doch weil er Mahmud nicht beleidigen wollte, stimmte er zu, und sie gingen gemeinsam die Monumentenstraße entlang Richtung Osten, wo es einige Kneipen gab.

5

Janine fiel aus allen Wolken, als Uwe gegen halb zehn bei ihr anrief. Mit vielem hatte sie gerechnet, damit nicht. Ob sie sich treffen wollten, fragte er. Um ein wenig zu plaudern. Und sie, statt ihm vorzuwerfen, ihr eben noch eine falsche Telefonnummer angedreht zu haben, sagte einfach nur: Ja. Klar. Ja.

Holger bat die fette Kellnerin, Getränke aufzufahren, bis 120 Euro verbraucht sein würden. Er hielt die Truppe aus und genoß es, im Mittelpunkt zu stehen. Im Nachtmar spielte man Billard, Darts, Kicker und Flipper, soff und feierte. Als Sibylle wissen wollte, woher er soviel Geld habe, bekam sie zur Antwort, er habe es wem geklaut, das könne er gut, wie schon gesagt – er würde sie stets zu ernähren wissen, keine Sorge!

Sibylle blieb nicht unbeeindruckt. Es machte Spaß, mit Holger in einem Team zu sein. Stiefel und Socke spielten schon ganz ordentlich, aber Holger hatte es drauf, versenkte die Kugeln in den Löchern, wie er wollte, mal mit schnellen, kraftvollen Stößen, mal mit viel Effet oder gefühlvollen Stupsern. Er hatte Sex mit dem Billardtisch. Tine und Francesca spielten derweil am Flipper, Holger übernahm die dritte und letzte Kugel, und mit dieser einen Kugel kam er dem All-Time-Highscore gefährlich nahe, rammelte das Gerät, ohne zu tilten, rettete sich aus Situationen, die andere verloren gegeben hätten, und holte für die Truppe drei Freispiele raus. Holger wirkte geschmeidig, kraftvoll, ein Wesen aus geballter Energie, er war definitiv was Besonderes. Sibylle begann sich an den Gedanken zu gewöhnen, künftig die Frau an seiner Seite zu sein. Sie hatte nie einen festen Freund gehabt, hatte sich gegen jede Form von Inbesitznahme gewehrt, mit Händen und Füßen und schnoddrigen Sprüchen. Holger wischte das alles beiseite.

Janine betrat das Lokal, sah zuallererst eine Horde Punks, über den Billardtisch gebeugt, und fand, daß Uwe einen geeigneteren Treffpunkt hätte wählen können, etwas Gediegeneres, wo nicht so laute Musik gespielt wurde. Und nicht so schlechte, aus den hintersten Schubladen des Mainstreams von vor zwanzig Jahren.

Aber die Kneipe verströmte einen gewissen nostalgischen Reiz. Janine hatte große Teile ihrer Jugend in einem ganz ähnlichen Etablissement verbracht, Erinnerungen kamen wieder, und Uwe saß in einem relativ ruhigen Bereich ganz hinten, unter einem Poster von Marylin Monroe, die, obwohl als reale Person längst bis auf die blanken Knochen verfault, als Ikone immer noch Mühe hatte, ihren hochgewehten Rock unter Kontrolle zu bekommen.

Janine bestellte ein Glas trockenen Weißwein. Und Uwe, der selbsternannte *Brandbeschleuniger*, begann sie mit einer extrem langen Geschichte zu langweilen. Er sei überfallen worden, erzählte er, heute, vor noch nicht mal zwei Stunden!

Ich möchte auch gern überfallen werden, dachte Janine. Komm und überfall mich!

»Deshalb hast du mich in die Kneipe bestellt? Damit du lamentieren kannst?«

»Wie bitte?«

»Schon gut, vergiß es! Du Opfer! Tut mir leid, ich bin so was von unsensibel. Du hast mir eine falsche Telefonnummer gegeben, aber kaum wirst du überfallen, da brauchst du wen, natürlich.« Janine bekam Angst vor einem Zuckanfall und suchte sich wieder zu beruhigen.

Uwe zupfte verwirrt an seinem Hemdkragen. »Ich hab dir keine falsche Telefonnummer gegeben.«

»Red keinen Scheiß. Son Typ von der Sternwarte hat sich gemeldet.«

»Hast du noch den Deckel?«

Janine kramte in ihrer Handtasche und warf ihm den Deckel hin.

»Na los!« forderte Uwe sie auf, »wähl die Nummer! Dann werden wir ja sehen!«

Janine wählte die Nummer. Der Rentner von der Sternwarte war ganz außer sich vor Freude und wünschte einen schönen Abend, ob sie ihn nicht besuchen kommen wolle, Sterne gucken, gratis. Uwe glotzte verständnislos.

»Das gibts doch nicht. Was für ne Nummer hast du da eingegeben? Laß mal vergleichen.«

Ich will in deine Möse zurück! Du Arschloch! Geliebtes! Thomas Stern wußte nicht recht, ob ein Brief etwas nutzen würde, aber an Carla zu schreiben war besser, als völlig hilflos nur an sie zu denken. Tränenüberströmt saß er am Tresen seiner Hausbar, unten im Partykeller, den er abgeschlossen hatte, für den Fall, daß Sarah hereinplatzte. Er hatte keine Geheimnisse vor ihr, aber sie sollte nicht mitbekommen, wie nah ihm die Sache ging. Wo war Sarah überhaupt? Um diese Uhrzeit? Hatte sie was von Sport gesagt? Ihm war so. Sie machte seit einiger Zeit Sport. Oder war es was anderes? Er sprach in sein Diktaphon eine schnelle Notiz: *Sarah fragen, was sie in letzter Zeit macht.*

Uwe hielt den Bierdeckel und Kims Handy nebeneinander. Dann war die Sache klar.

»Das da hinten, Mädchen, ist doch keine DREI. Das ist eine SIEBEN.«

»DAS? Nenn mich nicht Mädchen. Das ist doch keine Sieben!« Doch, sie mußte zugeben, daß man das als Sieben interpretieren konnte.

»Was hast du denn? Was ist los?« Uwe machte sich Sorgen, Kim in ein Krankenhaus fahren zu müssen, sie hatte eine Art epileptischen Anfall, zuckte wie ein Cyborg, dem die Drähte durchgebrannt waren, es war ihm peinlich. Doch nach wenigen Sekunden war der Spuk vorbei und Kim entspannte sich. »Na gut, dann ist das eben eine Sieben.«

»Und was war *das* eben?«

»Das war nichts. Meinst du, du kriegst heute noch einen hoch?«

»Ich bin traumatisiert. Vielleicht denkst du mal nicht dauernd nur an dich!«

Sarah war eben zweimal in zwei Stunden erschossen worden und fühlte sich herrlich ausgepowert. Endlich war sie unter die 63 Kilo gerutscht. Morgen, beschloß sie, würde sie Thomas ihr kleines Geheimnis offenbaren, ganz einfach, indem sie mit der Knarre über der Schulter durch die Tür treten würde, lässig wie

James Dean, mit einem Grinsen auf dem Gesicht. Und dann würde sie aus der Hüfte einen Schuß auf ihn abfeuern, rein aus Jux. Die Farbe ging beim Waschen problemlos raus. Er sollte ruhig einen Schreck bekommen. Sie würde ihm beichten müssen, daß das Gewehr über tausend Euro gekostet hatte. Oder? Nein, im Grunde war das nebensächlich.

Robert und Maschjonka Pfennig wurden an diesem Abend von Kommissar Nabel gebeten, eine weibliche Kinderleiche zu identifizieren, die man aus dem Schlachtensee gefischt hatte.

Es sei zwar schon spät, aber je schneller sie das hinter sich brächten, desto besser. Er wiegelte auch gleich ab. Seiner Meinung nach, also den vorliegenden Fotos nach zu urteilen, handle es sich wahrscheinlich *nicht* um Sonja, aber bei Wasserleichen sei das Gesicht oft über Gebühr entstellt, und vielleicht könnte, ja sollte baldmöglichst Klarheit geschaffen werden. Die Pfennigs machten sich sofort auf den Weg zur Pathologie. Mascha war überzeugt davon, daß es Sonja sein mußte. Robert hatte noch nie einen Leichnam gesehen und fürchtete sich vor dem Anblick. Nabel holte die beiden an der Einfahrt in die Charité ab, wies ihnen einen Parkplatz zu, der tagsüber einem der Chefärzte vorbehalten war, und begleitete sie auf dem schweren Weg, an unspektakulären Klinkerbauten entlang, hinab in einen langgezogenen unterirdischen Gang mit Metalltüren zu beiden Seiten des Flurs. Ein paar der Neonröhren flackerten, eine schnalzte hörbar. Robert stellte Fragen wie: »Woran ist sie gestorben? Was hatte sie an? Werden denn so viele Fünfjährige vermißt? Was, wenn ich mich übergeben muß?«, und Nabel meinte, wenn er kotzen müsse, könne er das einfach tun, wo er grad stehe, dafür gebe es Putzfrauen. Die anderen Fragen ließ er mit Hinblick auf die laufenden Ermittlungen unbeantwortet, denn wenn es sich bei der Toten gar nicht um Sonja handele, seien die Fragen ja müßig.

In einem der großen kühlen Säle stand ein Arzt mit transparenten Gummihandschuhen vor einer Wand mit vielen stählernen Schubladen. Eine war halb herausgezogen, und Mascha brach in Tränen aus. Sie näherte sich der Toten sehr widerwillig. Robert trat schließlich beherzt zu dem Arzt, der die Hände vorm Schritt gekreuzt hatte und zur Begrüßung nur kurz nickte, ansonsten so tat, als sei seine Anwesenheit nicht weiter zu beachten. Das tote Mädchen war bis zum Hals zugedeckt. Robert gab sich einen Ruck und öffnete die Augen.

»Nein!« stieß er erleichtert hervor, »nein, das ist sie nicht.«

»Sicher?«

Robert sah noch einmal hin. Das aufgedunsene Gesicht wirkte fett und blaß, mit bläulichen Stellen. Nein, er war sich ganz sicher. Das war auf keinen Fall Sonja, dieses Kind hätte er für älter geschätzt, sechs oder sieben vielleicht. »Darf ich ihren Körper sehen?«

Nabel winkte dem Arzt sein Einverständnis zu, der schob das weiße Tuch hinunter bis zum Bauchnabel. Nun war auch Mascha herangetreten, ungläubig starrte sie auf die Leiche, erst sah sie nur flüchtig hin, voller Ekel, dann, als sie nichts sah, was ihr in irgendeiner Weise vertraut schien, bohrte sie ihren Blick in jedes Detail dieses stinkenden, aufgeblähten Körpers. Das Gesicht sah dem von Sonja nicht mal entfernt ähnlich. Die Haarfarbe stimmte nicht. Die Tote trug auch gut fünf Zentimeter längere Haare – so schnell konnten die nicht gewachsen sein. Mascha wurden die Beine schwer vor Freude, sie kippte fast um, Robert hielt sie fest. Beide hatten die zwei Einstichwunden gesehen, unterhalb der Brust, aber es dauerte, bis sie begriffen, was das bedeutete.

»Sie ist ermordet worden, nicht?« Robert wandte sich flüsternd an den Kommissar, der räusperte sich und ließ seine Schultern und seine Lippen sprechen, etwas zwischen Gestik und Mimik, ein stummes, halb offizielles Ja.

»Und der, der das getan hat, wird meiner Tochter dasselbe antun!« rief Mascha nun laut und machte sich aus Roberts Umklammerung los.

»Beruhigen Sie sich! Das ist sehr weit hergeholt. Sehr sehr weit. Ewers?« Nabel wandte sich an den Rechtsmediziner. »Haben Sie ein Valium für die Dame?«

Der korpulente Arzt mit dem grauen Bürstenhaarschnitt nickte, er hatte auf einer Ablage schon zwei Pappbecher vorbereitet, angefüllt mit lauwarmem Wasser. Seine Handfläche öffnete sich, drin lagen zwei weiße Tabletten. Er hätte in der Manteltasche für den Fall der Fälle ein stärkeres Sedativ bereitgehalten.

»Ich muß noch fahren«, sagte Robert Pfennig.

Und Nabel stimmte zu. »Fahren Sie, machen Sie sich keine übertriebenen Gedanken. Mit Sonja muß das überhaupt nichts zu tun haben.«

Robert stutzte. Der Kommissar hätte doch auch sagen können: *Mit Sonja hat das überhaupt nichts zu tun.* Wenn er ihn ernsthaft hätte beruhigen wollen.

»Darf ich denn Valium zu mir nehmen?« fragte Maschjonka. »Ich bin nämlich schwanger.«

»Oh! In der wievielten Woche denn?« wollte der alte Arzt wissen.

»In der ersten.«

Chefpathologe Dr. Ewers zog die Augenbrauen hoch, wollte schon gratulieren, dann sagte er lieber doch nichts und reichte Maschjonka Pfennig die Tablette.

6

Johnny und Mahmud setzten sich an den letzten freien Tisch und bestellten zwei Bier. Minnie wollte von den Gästen wissen, ob sie schon sechzehn seien. Damit hatten beide nicht gerechnet. Johnny zeigte seinen Personalausweis, er war vor wenigen Wochen achtzehn geworden, Mahmud hingegen druckste herum, er sei sechzehn, habe nur leider keinen Ausweis dabei, sie solle sich mal nicht so haben.

»Tut mir leid. Du kannst hier alles haben, nur keinen Alkohol.«

Mahmud wurde wütend. Johnny intervenierte. »Er darf doch ein Bier trinken, wenn ein Erwachsener dabei ist, oder?«

»Glaub schon.«

»Na also, ich bin erwachsen, wo ist das Problem?«

Plötzlich war da kein Problem mehr, Minnie gab, wenn auch leicht seufzend, nach und ging die Biere holen.

Und es gab doch ein Problem.

»Wie spielt diese Niggerfotze sich auf?«

»Was willst du? Sie ist doch kulant!«

Mahmud hatte vorgehabt, mit Johnny ein Bier zu trinken und – von Mann zu Mann – über Frauen zu reden. Nicht aber über Niggerfotzen, die ihn als Kind betrachteten. Und wie bereitwillig Johnny auf dieses Kontrollspielchen eingegangen war, stieß ihm übel auf.

»Du hältst dich also für erwachsen, ja?«

Johnny registrierte, daß Mahmuds Stimme jeder versöhnliche Tonfall abhanden gekommen war.

»Das sind doch nur Zahlen«, versuchte er ihn zu beschwichtigen. »Ich kann doch nichts dafür, wie alt ich bin, oder wie jung du bist.«

»Es geht nicht darum, wie alt oder jung ich bin. Die fette Sau will hier keinen Araber hocken haben. Darum gehts!«

»Ach, das bildest du dir ein. Jetzt trinken wir Bier und damit Ruh.«

»Sachma, gibst du hier jetzt die Befehle? Oder was?« Mahmud war laut geworden und drehte sich zu Janine und Uwe um, die am Nachbartisch saßen.

»Was glotzt ihrn so?«

Minnie brachte die beiden Biere und bat Mahmud darum, andere Gäste nicht zu belästigen.

Sie hatte keine Angst. Mit einem Bürschchen wie dem würde sie notfalls grade noch fertig werden. Mahmud sah das anders.

Er mochte auch nicht mehr vom Bier nippen, diesem Werkzeug der Ungläubigen, mit dem sie sich, wie Faisal es immer so bildhaft ausdrückte, Illusionen der Fröhlichkeit schufen. Er schüttete Johnny das Bier ins Gesicht. Johnny glitt vom Stuhl und ging in Deckung. Sein Stirnpflaster war naß geworden und klebte nicht mehr.

Janine bat Uwe darum, aufzubrechen, hier werde es zunehmend ungemütlich. Uwe tat, als habe er sie nicht gehört, er sah sich gerne Schlägereien an. Er bekam sogar Lust, mitzumachen und dem randalierenden Kanaken in die Fresse zu schlagen.

Minnie kam mit Eimer und Wischmob. »Raus hier!« herrschte sie Mahmud an und wies mit dem Zeigefinger zum Ausgang.

»Du angebrannte Schnalle! Fick dich! Du hast mir gar nichts anzuschaffen!« Brüllte Mahmud, stand auf und stützte sich mit beiden Händen auf den Tisch, bereit, die Kellnerin anzuspucken.

Plötzlich, womit er überhaupt nicht gerechnet hatte, stand Holger vor ihm, ein bis auf die seltsamen Schuhe schwarzgekleideter Punk.

»Sag mal, Ziegenficker, bist du böse?«

»Was?« Mahmud wirkte irritiert, als würde ihn etwas blenden. Da stand dieser Typ vor ihm und sprach ihn an. Weswegen?

»Ich bin nämlich *auch böse*. Ich – bin *genug* Böses an einem Ort. Mehr geht nicht, sonst wird der Ort, an dem ich grade bin, unerträglich. Also zieh deinen Schluß daraus und such das Weite, Ziegenficker.« Holger war irgendwie gut drauf. Als könne ihn nichts auf der Welt stoppen.

»Was mischst du dich hier ein, du Scheiß-Punk?«

»Tja, Ziegenficker. Ich bin hier gut bedient worden. Wenn du meine Kellnerin anmachst, mach ich dich auch an. So ist das.«

»Hat sie dirs gut besorgt, die schwarze Muschi, ja?« Mahmud war nicht willens, so schnell nachzugeben. Noch war man nur beim rhetorischen Teil der Auseinandersetzung, es gab keinen einleuchtenden Grund, Leine zu ziehen.

Holger öffnete seine Hose und richtete seinen bemerkenswert strammen Urinstrahl auf Mahmud. Der kapierte nicht, wie ihm geschah, er wurde um Bauch und Brust herum naß, und hinter Holger waren nun andere Punks getreten, insgesamt fünf oder sechs, und alle kreischten vor Freude.

7

Uwe saß da und wußte nicht, was er tun sollte. Die Stimme hatte er sofort erkannt. Der Punk war es gewesen. Der Punk hatte ihn ausgeraubt. Konnte das sein? Ein solcher Zufall? Warum nicht? Plötzlich war er sich doch nicht mehr sicher. Bestimmt besitzt der Punk, sagte sich Uwe, eine nur ähnliche Stimme, und jetzt bilde ich mir ein, es sei dieselbe, wahrscheinlich stehe ich noch immer unter Schock, da hört man, was man hören will. Außerdem – was sollte ich tun? Uwe dachte nach. Der Kerl hatte zu viele Freunde dabei. Und die Bullen holen? Welchen Beweis gäbe es gegen den Punk? Nein, es war klüger, sogar bequemer, zu beschließen, daß die beiden Stimmen einander sehr ähnlich klangen, mehr nicht.

Der tropfende Mahmud brüllte was in seiner Muttersprache, sprang auf den Tisch, von dort auf einen anderen Tisch, von dort zum Ausgang – und ward nicht mehr gesehen. Zum ersten Mal im Leben hatte er vor jemandem Angst gehabt, der nicht aus seiner Familie stammte. Vernichtendes Gejohle holte seine Flucht ein, gestand ihm keinerlei Würde zu. Ihm standen Tränen in den Augen, er holte tief Luft. Viel hätte er in diesem Moment für eine geladene Maschinenpistole gegeben! Quer durchs Lokal brandete Beifall auf.

»Normalerweise«, sagte Minnie zu Holger, »würd ich dich auch rausschmeißen! Aber weil du so mutig meine Ehre verteidigt hast, spendier ich euch ne Runde aufs Haus. Die hundertzwanzig Euro auf euren Deckeln sind nämlich fast voll.«

»Danke schön, Frau Kellnerin!« Holger strahlte übers ganze Gesicht, verschränkte die Arme und tanzte wie ein Donkosake, daß alle über ihn lachen mußten.

Uwe tat, als habe er nichts gehört. Hatte die Kellnerin gerade was von hundertzwanzig Euro gesagt? Nein, das war sicher nur Einbildung gewesen. Er hörte Dinge.

»Können wir jetzt gehen?« Janine zupfte ihn am Ärmel.

»Wohin?«

»Erst mal raus?«

»Gut.«

Johnny war auf dem Boden hocken geblieben, teils aus Angst, teils, weil er beim besten Willen nicht ahnte, wo künftig sein Platz im Leben war. Verschämt griff er nach seinem Glas Bier, beschloß dann, lieber nicht davon zu trinken.

Mahmud, aus Mangel an sonstigen Möglichkeiten, klingelte. Marlenes Mutter, die eben zu Bett gehen wollte, sah ihn erst, dann roch sie ihn. Sie widerstand dem ersten Impuls, diesem stinkenden Subjekt die Tür vor der Nase zuzuknallen, weniger aus Mitleid denn aus Neugier.

»Bitte, ich muß Swentja sprechen!« sagte, sehr leise, das stinkende Subjekt. Weil Mahmud sich der peinlichen Umstände, unter denen er hier Hilfe suchte, voll bewußt war, trat er zwei Schritte zurück.

»Was willst du noch hier?«

Swentja war vor die Tür getreten. »Was ist denn passiert? Du stinkst nach Pisse!«

»Ich weiß. So kann ich nicht nach Hause. Du mußt mir helfen.«

»Ich? Dir?«

»Ja. Es tut mir alles so leid. Was ich zu dir gesagt hab. Es war nicht so gemeint. Jemand hat mich angepinkelt. Ich bin naß und stinke. Ich muß unter die Dusche. Hilfst du mir? Bitte! Ich bin überfallen worden. Ja, ich war ein Arsch, ich kanns nicht anders sagen. Es tut mir leid. Hörst du?«

»Das kann ich nicht entscheiden. Frag Lenes Mutter!«

Lenes Mutter, die sich während jenes Dialogs hinter der Haustür verborgen gehalten hatte, schob nun ihren Kopf zwischen Swentja und Tür und warf einen langen, prüfenden Blick auf den jungen Stinkemenschen.

»Gut, komm rein, faß bitte nichts an. Die Dusche ist da hinten.«

»Danke. Tausend Dank!«

Mahmud betrat die Duschkabine, ließ das Wasser laufen, stellte sich in voller Montur unter den Strahl, um die Schande von sich abzuwaschen. Swentja sah ihm zu, sie stand hinter dem Milchglas, mit in die Hüften gestemmten Händen.

»Was ist passiert?«

»Ne Horde besoffener Punks! Hab keine Chance gehabt!« rief Mahmud in den Dampf. »Kann ich bei dir übernachten? Meine Sachen müssen trocknen.«

»Das ist mir nun aber gar nicht recht!« empörte sich Lenes Mutter, die, müde von der Arbeit, endlich ihre Ruhe haben wollte.

Swentja ergriff massiv Partei für ihn, soviel bekam Mahmud trotz der Geräuschkulisse aus prasselndem Wasser mit. »Wir stekken seine xxxxxx Trockenschleuder, er kann xxxxxxxxx Couch übernachten, und morgen früh xxxxx verschwunden. Großes Ehrenwort!«

»Na schön.«

Mahmud hatte ein Kleidungsstück nach dem anderen abgelegt, bis er nackt unter der Dusche stand, von drei weiblichen Wesen, Marlene war noch hinzugekommen, begutachtet. Plötzlich verschwanden zwei dieser Beobachter, und nur noch Swentja stand da, ebenso nackt wie Mahmud, ihr Körper drängte sich an seinen, unter einem Strahl heißen, sich in viel Dampf verwandelnden Wassers. Er sagte ihr, daß er sie liebe. Ihr ginge es sonderbarerweise ganz genauso. Sagte sie.

8

FREITAG NACH MITTERNACHT

Holgers Führungsrolle innerhalb der Gruppe war unangreifbar geworden. Die Punks betranken sich, tanzten auf dem Tresen, sangen *Ich mach mir die Welt, fidiwidiwitt, wie sie mir gefällt,* und Sibylle spürte den dringenden Wunsch, als Holgers feste Freundin, somit als weibliches Alphatier anerkannt zu werden. Sie schob ihr T-Shirt hoch, zeigte ihre etwas unsymmetrischen Brüste, was im Augenblick das Coolste war, zu dem sie sich entschließen konnte. Holger leckte an ihren Nippeln und betrachtete, in Rodinscher Denkerpose, seinen verpickelten Hintern im Spiegel.

Minnie hatte alle Mühe, weitergehende Exzesse zu verhindern. Gegen halb eins begann sie, die Stühle auf die Tische zu stellen. Ihre Erfahrung flüsterte ihr, daß die Punks pleite waren und den Rest der Zeche prellen würden. Glücklicherweise regte sich niemand über den Zapfenstreich auf, ein paar der Mädchen schienen sogar froh darüber, an die frische Luft wechseln zu dürfen. Kurz vor eins schloß Minnie den Laden ab, ließ fünfe grade sein und etliche Deckel offen.

Ekki war heute nicht hier gewesen. Sie vermißte ihn. Bestimmt hatte er noch etliche römische Kaiser loszuwerden. Minnie klingelte ihn raus, ihr war nach seiner Nähe, und endlich, nach einer ganzen Weile, öffnete er, stand müde zwischen Wand und Tür.

»Was willst *du* denn so spät?«

»Na hör mal, ich dachte, du freust dich! Heute war so viel los im Laden, muß ich dir erzählen.«

»Laß mal. Mir ist nicht so gut. Ich geh auch gleich ins Bett.« Ekki wirkte in der Tat abgespannt, leidend, mit viel tieferen Augenringen als sonst.

»Was hast du denn?«

»Nichts. Morgen gehts mir bestimmt wieder besser.« Ekki wollte seine Wohnungstür schließen, Minnie kam das merkwürdig vor. Warum wollte er sie so schnell abfertigen? Das war so gar nicht seine Art. Normalerweise. Aus der Wohnung hörte sie ein schwer definierbares Geräusch, ein bißchen so, als würde jemand gegen etwas getreten haben.

»Hast du Besuch? Dann sag das doch einfach!« Minnie war nun neugierig geworden, es erklang ein zweites Geräusch, das eher ein Laut genannt werden mußte, irgend etwas zwischen Zischen und Winseln, wie von weiter Ferne.

»Ich hab keinen Besuch, das ist nur der Tee, der pfeift. Kamillentee gegen den nervösen Magen. Entschuldige mich jetzt bitte, wir sehen uns morgen. Tschüss.« Mit diesen Worten schob Ekki die Tür vor ihr zu, sehr ungalant, als fühle er sich belästigt. Minnie staunte, dann zuckte sie mit den Schultern und ging nach Hause.

Uwe und Janine saßen auf einer, rechnete man den Halbmond als Lichtquelle nicht ein, unbeleuchteten Bank im Viktoriapark. Ihr Gespräch war mühsam in Gang gekommen, aber Janine hatte irgendwann ihren aggressiven Habitus abgelegt und hörte nun geduldig zu, wie Uwe seine Erlebnisse des Abends noch einmal aufarbeitete. Nur als er meinte, der Punk, der eben in der Kneipe rumgepinkelt habe, sei womöglich auch der gewesen, der ihn zuvor ausgeraubt habe, winkte sie ab, das sei doch sehr unwahrscheinlich, das bilde er sich bestimmt nur ein. Warum er sie nicht habe wiedersehen wollen, fragte sie und lenkte die Unterhaltung abrupt auf ein Thema, das sie weit mehr interessierte.

»Weil du nicht gerne zuhörst.«

»Weil ich WAS? Ich hab dir doch eben zugehört, lange sogar, bis zu dem Punkt, wo es ganz unglaubwürdig wurde. Wie viele Gedanken du dir machst. Und ganz absurde. Wegen hundertzwanzig Euro! Anstatt zu feiern, daß dir sonst nichts passiert ist. Darf ich nicht meine Meinung äußern? Brauchst du jemanden, der mit gespitzten Ohren an deiner Seite hockt und hin und wieder Wuff sagt? Dann schaff dir einen Hund an!«

»Was willst du eigentlich von mir?«

Die Frage, so gestellt, brachte Janine in die Bredouille, denn was gab es darauf zu sagen, das nicht oberflächlich klingen würde?

»Respekt!«

»Wofür?«

»Wie – wofür?«

»Wir beide haben uns getroffen, um Sex zu haben, wir hatten Sex, unsere Wege haben sich getrennt. Was willst du nun? Mehr Sex?«

»Für so oberflächlich hältst du mich?«

»Ich kenn dich ja gar nicht.«

»Das meine ich. Du willst mich gar nicht kennenlernen. Dir fehlt es an Respekt.«

»Du meinst, ich müsse eine Frau kennenlernen wollen, weil ich mit ihr gevögelt habe? Oder meinst du Respekt im Wortsinn, als müsse man noch mal Rückschau halten, auf das, was da gewesen ist?«

»Es ist jedenfalls *keine* gute Nummer, einfach abzuziehen und der Frau das Gefühl zu geben, sie sei ein Wiedersehn nicht wert.«

»Ach so. Dein Selbstwertgefühl hat gelitten. Aber ich hab doch einen Zettel hinterlassen. WAR EINE TOLLE NACHT stand, glaub ich, drauf.«

»Lippenbekenntnisse! Wer soll daran glauben? Wenn es sone tolle Nacht gewesen wäre, hättest du dich wieder bei mir gemeldet.«

»Was hätt ich denn schreiben sollen? War ne Scheiß-Nacht, auf Nimmerwiedersehen?«

»War es denn sone Scheiß-Nacht?« Janine mußte dagegen ankämpfen, diesem Typen nicht einfach das Gesicht zu zerkratzen.

»Nein, es war ne ganz okaye Nacht. Wirklich rundrum ganz okay. Aber –«

»Was aber? Rück raus!«

»Als ich dir erzählt hab, von dem Typen, der sich wegen der Wurstabschnitte beschwert hat, und daß ich Marktleiter bei Karstadt bin, hast du angeödet getan, hast meinen Beruf langweilig genannt! Wo war da dein Respekt für mich?«

Janine erinnerte sich wieder. Sie war angetrunken gewesen und frech.

»Das ist der Grund gewesen? Ich hab dich verletzt?«

Uwe nickte. Von einem Moment auf den andern beurteilte Janine die Situation völlig neu und mußte sich darin erst zurechtfinden.

»Du Ärmster! War ich nicht genug beeindruckt von dir?«

Was sie da von sich gab, wollte mitfühlend klingen, klang indes wie neuer, noch schlimmerer Spott. Uwe hingegen tat so, als habe er keinen mokanten Ton herausgehört. »Weißt du, meine Frau hat mich im Grunde nur verlassen, weil ich beruflich nicht genug erreicht hab, um mit ihr in einer Liga zu spielen. Deswegen ist das ein wunder Punkt bei mir.«

»Diese Edeltusse bei Monsieur Vuong – war das wirklich deine Frau?«

»Ja, die Tusse ist meine Frau, und ich liebe sie noch immer, leider.«

»Tschuldigung.« Janine kam sich ausmanövriert vor, erbärmlich, widerlich. Sie wollte nach Hause, schnell, ansonsten bestand die Gefahr, daß sie diesem larmoyanten, selbstmitleidigen Kerl auf den Leim gehen und zu Kreuze kriechen würde. Diesem Menschen, der doch eigentlich überhaupt nicht zu ihr paßte. Bei Licht besehen. Diesem unschöpferischen Menschen, diesem *Angestellten.*

Aber Uwe schob, ohne jede Vorankündigung, sein Gesicht ganz nah an ihres heran und flüsterte: »Schon gut.« Dann küßte er sie, erst auf die Stirn, dann auf den Mund. Janine ließ ihre Zunge zwischen seine Lippen gleiten, wühlte ihre Finger in sein Haar, packte mit beiden Händen seinen Nacken, zog ihn noch fester zu sich und wollte ihn nicht mehr loslassen.

9

Freitag, halb zwei Uhr morgens, empfing Carla eine SMS von Thomas.

ICH FÜHLE MICH SCHRECKLICH. VERMISSE DICH UNENDLICH.

Sie saß zu Hause, konnte nicht schlafen, sah fern und naschte ein Tartufo-Eis. Morgen wollte sie in den Club gehen, sich den hübschen Schwarzen schnappen und endlich wieder aufregenden Sex haben, verbunden mit der Gefahr irgendeiner Ansteckung. Pfeif auf die Karriere. Sie schrieb zurück:

ACH KOMM! WIRST MICH JA JEDEN TAG IM BÜRO SEHEN.

Eine Minute später kam Thomas' Antwort:

ICH LIEBE DICH. KÖNNEN WIR WENIGSTENS NOCH EINMAL SEX HABEN?

Sie schrieb zurück:

WARUM?

Diesmal ließ die Antwort etwas länger auf sich warten.

DAMIT ICH BEWUSSTER VON DIR ABSCHIED NEHMEN KANN. BITTE!

Carla gefiel es, sich Dr. Thomas Stern vorzustellen, wie er vor ihr auf den Knien lag und bettelte. Zu oft hatte er ihr das Gefühl gegeben, mit ihm zusammenzusein, sei für eine Sekretärin eine Auszeichnung.

VERGISS ES. Carla schaltete ihr Handy ab und ging zu Bett. Vielleicht würde sie ihn noch ein wenig hinhalten, ihm die Möglichkeit eines Abschiedsficks dann vage in Aussicht stellen, sie schloß nicht einmal völlig aus, daß es zu diesem Abschiedsfick kommen könnte. Vorher ein grandioses Abendessen im *Borchardt*, zwei Dutzend Rosen und eine Gehaltserhöhung waren die Mindestleistungen, die Thomas dafür aufbieten müßte. Sie war gespannt darauf, wie weit er gehen, wie weit ihn seine Geilheit treiben würde. Die Welt war spannend und ein Spiel. Man mußte es nur zu spielen verstehen. Nach eigenen Regeln. Carla schüttelte nun den Kopf darüber, wie lange sie Spielstein oder gar nur Zuseherin geblieben war. Die Liebe. Die Liebe war schuld. Aus irgendeinem, längst nicht mehr nachvollziehbaren Grund hatte sie Thomas tatsächlich geliebt. Drei, fast vier Monate lang. Unfaßbar. Von jetzt aus betrachtet.

Johnny wußte nicht, wohin er gehen sollte. Seine Eltern machten sich seinetwegen bestimmt schon große Sorgen. Die gönnte er ihnen. Absolut. Sie sollten leiden. Er hatte Lust, ihnen noch mehr anzutun, indem er sich selbst etwas antat. Doch schien ihm jener Aufwand zu monströs, relativ zum Ertrag.

»Was für ein geiler Abend!« Stiefel sprach für alle. Er grölte mehr, als daß er sprach. Sie waren mit dem Nachtbus an ihrem Quartier in Alt-Mariendorf angekommen, legten sich pennen in dem verfallenen, vom Schimmel gezeichneten Haus, und niemand ließ einen Zweifel daran, daß Holger und Sibylle künftig das Königspaar der Truppe sein würden.

»Ist mir echt eine Ehre, unter euch beiden gedient zu haben!« Socke, sturzbetrunken, umarmte Holger, küßte ihn auf beide Backen, bevor er noch mal ins Freie mußte, um zu erbrechen.

»Gut, dann sind wir jetzt ein Paar«, stellte Sibylle lakonisch fest. Holger schnurrte, wie eine zufriedene Katze nach der Fütterung. Er kniete vor ihr auf dem feuchten Boden und hatte seinen Kopf in ihren Schoß gelegt. Ob sie ihn heiraten wolle, fragte er leise, und Sibylle lachte laut. »Wozu denn heiraten?« rief sie, und weil Holger schwieg und, soweit man das im Schimmer der Kerze erkennen konnte, ein beleidigtes Gesicht zog, fügte sie hinzu, daß das doch nur ein blöder bürgerlicher Ritus sei. Oder? Sibylle verlieh ihrem Statement auf den letzten Silben den Klang einer Frage, damit es nicht unbelehrbar rüberkam, wie eine definitive Abfuhr. Neugierig war sie ja auch geworden, wie sich Holger das denn vorstellte. Standesamtlich? In Weiß in einer Kirche? Oder was?

Holger stand auf und seufzte. »Ich würde dich gern heiraten. Unter den Sternen. Die sollen unsre Zeugen sein. Wir tauschen Ringe und küssen uns. Und der älteste Baum am Ort gibt uns seinen Segen. Ohne, daß er einen Ton sagen muß.«

Holger hatte sie nicht mehr alle. Vielleicht war er einfach nur betrunken. Sibylle war aber auch betrunken, und als er ihre Hände faßte und sie bat, mit ihm in den nahen Wald zu gehen, setzten ihre Selbstverteidigungsmechanismen aus. Sie wäre sich wie eine Spielverderberin vorgekommen. Andererseits – war das noch ein Spiel?

Sie folgte ihm ins Freie, er führte sie in den Wald, deutete auf eine alte Buche, seiner Meinung nach der älteste Baum ringsumher, er bat sie, den Stamm der Buche zu umfassen, ihre Hände in seine Hände zu legen, sie konnten einander nicht sehen.

»Ich will dich, Sibylle, zu meiner Frau nehmen!«

Sibylle ahnte, daß von ihr nun ein ähnlicher Spruch erwartet wurde, aber das Ganze schien ihr dann doch eine Spur *zu* abgefahren. Sie sagte nichts. Holger hielt ihre Hände fest. Als sei ihr Schweigen bereits ein nicht zu duldender Widerspruch. Ihr wurde mulmig. Wovor hab ich Angst? Fragte sie sich. Das hier verpflichtet mich zu nix. Scheiß drauf.

»Ich will dich, Holger, zu meinem Mann nehmen.«

In diesem Moment spürte sie, wie Chrissie an ihrem rechten Arm hinauflief und, als wolle sie ihr etwas ins Ohr flüstern, auf der Schulter Männchen machte.

»Der Baum sagt, daß wir fortan einander gehören«, rief Holger, zog Sibylle zu sich, indem er ihre rechte Hand losließ und an der linken zerrte, bis sie in seine Arme taumelte. Chrissie klammerte sich in Sibylles Nacken fest und fiepte empört. Wahrscheinlich hatte das Tier Hunger, Sibylle kramte in ihrer Hosentasche nach einer Erdnuß und lachte, mehr weil sie nicht wußte, wie sie auf die ganze Zeremonie sonst reagieren sollte. Sie stupste Holger auffordernd in die Hüfte. »Und die Ringe? Hast du denn Ringe?«

Er dachte einen Moment nach. »Klar hab ich Ringe. Was denkst du denn?«

Holger holte aus seiner Hosentasche zwei Kondome, deren Reservoir er mit einem Schweizermesser durchstach, bevor er sie über ihren und seinen rechten Mittelfinger streifte.

»Du hast echt ne Meise!«

»Na und? Du hast ne Ratte! Künftig sind wir eine Familie! Mit Ratte und Meise. Das können die Sterne bezeugen!«

»Alles klar!«

»Gehen wir unsre Ehe vollziehen?«

»Wenn du das noch schaffst, bitte sehr.«

Sie zogen sich in einen stillen Winkel des Hauses zurück. Kalter Wind pfiff durchs Gemäuer, aber als die Frischvermählten beim Flackerlicht des Kerzenstummels im Schlafsack lagen, rauchten und einander Wärme und liebe Worte spendeten, war alles gut. Als hätten die zwei eine Überlebenskapsel der besonderen Art gefunden, fern von Raum und Zeit, ein unvergleichliches Gefühl. Der emotionalste Moment in beider Leben verlor indes einiges an Kraft und Zauber, als sich herausstellte, daß die letzten zwei Pariser in weitem Umkreis die aufgestochenen Eheringe an ihren Fingern waren.

»Na und? Dann ziehst du ihn halt rechtzeitig raus!«

»Aber das bringt Unglück. Ich bin ein Idiot. Bereust dus jetzt, mich geheiratet zu haben?«

»Was?«

»Das ist doch Scheiße!« Holger klang richtig wütend. »Ich bin gehirnamputiert. Ich hab einen Fehler gemacht!«

»Was? Holger! Hee! Was ist denn los?« Sibylle versuchte ihren Gatten festzuhalten, aber der hatte sich bereits aus dem Schlafsack geschwungen, um nach seinen Klamotten zu suchen.

»Wo willst du denn jetzt hin?«

»Ich hab einen Fehler gemacht!« Holger stieß immer wieder jenen Satz hervor. Dann war es plötzlich still, und Holger war weg.

10

»Sonja? Hörst du mich?«

Die Kleine hatte geschlafen. Jemand rüttelte sie an der Schulter, sie wurde sofort wach. Seit einigen Tagen lebte sie nun schon fernab von Mond und Sonne, hatte jedes Gefühl von Tages- oder Nachtzeit verloren. Manchmal hatte sie nach Aufforderung eine wollene Seemannsmütze aufsetzen und bis zum Kinn hinabschieben müssen, dann hatte sie durch die Wolle hindurch eine vage Lichtquelle wahrgenommen, manchmal sogar den Umriß einer Gestalt, die ihr Essen und Trinken ans Bett stellte, ein Kleinkinderbett, mit Gittern drumrum. Nicht wie ein Laufstall, nein, ein Bett mit Gittern aus engmaschigem Draht.

Einmal, ganz am Anfang, hatte sie es gewagt, die Mütze hochzuschieben. Die Wand war aus Eierkartons gemacht gewesen, dann kam irgendwoher eine harte, fleischarme Hand, legte sich quer über ihre Augen. Und wieder Dunkelheit. Der Atem eines Mannes. Die Nase des Mannes, der an ihr gerochen hatte. Unter viel Seufzen und Stöhnen. Haare, die sie gekitzelt hatten.

»Du wirst nie wieder so dreist sein, hörst du? Sonst muß ich dir weh tun.«

»Ich will zu Mama.«

Wie oft hatte sie diesen Satz gesagt. Sonja war groß genug,

um zu verstehen, daß ihr Gefahr drohte. Und doch nicht groß genug, um diese Gefahr in jedem Moment ernstzunehmen.

Jetzt klang die Stimme anders als sonst. Bestimmter. Gar nicht liebenswürdig.

»Setz die Mütze auf, Sonja.«

Sonja gehorchte, und eine Taschenlampe schien ihr in die Augen, deren Licht grell genug war, sie zu blenden.

»Aua!«

»Hast du die Mütze auf? Versprichst du, sie aufzubehalten?«

»Ja.«

»Wir machen jetzt einen Spaziergang!«

Die Kleine hörte, wie ihr Käfig aufgesperrt wurde. Zwei grobe Hände packten sie um die Hüfte und hoben sie in die Luft. Bis auf den Lichtkegel der Taschenlampe war alles finster ringsum.

»Schluck das!«

Der Mann schob dem Kind die Mütze hoch, bis knapp unter die Nase, und hielt eine Pille an Sonjas Lippen. Sie nahm die Pille in den Mund und bekam in die rechte Hand einen Becher gedrückt, mit stillem Wasser darin.

»Schluck die Pille. Na los! Dann spürst du nichts!«

Sonja gehorchte. Sie hatte Angst, ohne zu wissen, wovor genau, aber bald ließ die Angst nach, und sie schlief ein, gegen ihren Willen. Sie wäre so gerne wach, am Leben geblieben. Ohne dabei schon zu wissen, was Leben und Tod voneinander trennte. Der Mann, der nach alten Kleidern roch, trug sie auf seinen Schultern in eine Dunkelheit, durch die ein Lichtkegel zuckte. Davon bekam sie noch ein wenig mit, bevor ihre Lider schwer wurden.

Johnny war in der Haifisch-Bar gestrandet. Er hatte noch einen Zehner und einen zweimal gefalteten Fünfzig-Euro-Schein in der Tasche, der war für Vivien, die schöne Nutte, bestimmt gewesen. Der Rest seiner heimlichen Ersparnisse. Bereits nach dem ersten Drink, einem sehr süßen Louisiana-Flip, hatte Johnny den nötigen Pegel erreicht, um wie von weit oben auf sich herabzusehen und dem, was er da unten von sich sah, die Absolution zu erteilen. Die Menschen kamen ihm plötzlich alle so lächerlich vor, er schloß sich selbst nicht aus, im Gegenteil. Das elegant-glatte, ganz und gar nicht rustikale Ambiente dieser Bar kam ihm erst faszinierend fremd vor, dann unheimlich, ja feindlich. Hier saßen Leute, die Ahnung vom Leben besaßen, die Distanz dazu gewonnen hatten, die keinen Flipper oder Kicker brauchten, um sich irgendwie abzulenken. Dieser Ort war seiner nicht. Dem Kellner mangelte es an Höflichkeit. Er bediente Johnny wie jemanden, den man eben in Kauf nehmen muß. Der sich hierher nur einmal verirren wird, dann nie mehr.

Johnny ließ den Zehner auf dem Tisch liegen, lief die Nostitzstraße hinunter auf die Bergmann, sah sich die Schaufenster einer Videothek an, all die vielversprechend bösen Filme, vor denen seine Eltern ihn zu warnen nie müde geworden waren. An einem 24-Stunden-Internet-Point am Mehringdamm kaufte er zwei Flaschen Berliner Pilsner, dazu eine Schachtel Lucky Strike, ein billiges Feuerzeug, und ging nach Westen, bis zu dem großen, schmutzstarrenden Bassin, in das sich der Victoria-Wasserfall ergoß. Er pinkelte in einen Busch. Rauchte seine erste Zigarette. Ihm wurde schlecht. Heute wollte er sich soviel Neues wie möglich erlauben. Er schmiß die halbgerauchte Zigarette ins brackige Wasser, kam sich wie ein Weichei vor und zündete sich gleich die nächste an. Sie schmeckte noch viel weniger. Johnny legte sich schlafen, ins Gras oberhalb des kleinen Zoos, der zum Park gehörte. Überall auf den Parkbänken ringsumher saßen Liebespaare und hatten zu tun, hatten sich vielleicht auch was zu sagen. Johnny konnte nicht einschlafen und sah auf die Uhr: kurz vor zwei.

Wenigstens kreisten seine Gedanken nicht mehr unangeleint herum in seinem Schädel. Er fror. Lief hin und her, bis ihm warm wurde, öffnete mit seinem ersten eigenen Feuerzeug eine der Bierflaschen und trank. Es schmeckte. Überraschend gut. Johnny hätte gerne große, euphorisierende Musik gesummt, ihm fiel nichts Passendes ein, er summte irgendwas. Und bald war es, als begänne die Nacht selbst, sich in Töne und Klänge zu verwandeln. Johnny mußte einfach nur an ihrem Rand, an ihrem Saum, entlangschreiten und zuhören. Er rauchte eine neue Zigarette an. Sie schmeckte ganz anders als die beiden vorherigen, nicht so kratzig und dunkel, nicht wirklich gut, aber erträglich. Morgen würde er sich eine Arbeit suchen müssen, um in der großen Stadt aus eigener Kraft zu überleben. Nach Hause wollte er nicht mehr zurück. Es war aufregend, solch einen Entschluß zu fassen. Allein die Tatsache, aus freiem Willen heraus einen solchen Entschluß fassen zu können, überkam ihn wie eine große, fundamentale Erkenntnis. Zwischendurch holte er neues Bier, denn die Zigaretten schmeckten ohne nicht. Auch die Tageszeitung von morgen kaufte er und sah im Schein einer Straßenlaterne die Stellenanzeigen durch. Ein Job als Kinovorführer wäre toll, er würde viele böse Filme sehen dürfen und noch Geld dafür bekommen. Schlafen konnte man im Kino auch, wenn die Zuschauer erst weg waren. Schlafen würde er weiterhin, das war eine gute Angewohnheit, die er in sein neues Leben übernehmen wollte. Schlafen. Vielleicht sogar jetzt gleich, ein bißchen.

Holger kroch gegen halb drei zu Sibylle in den Schlafsack zurück. Er hatte in der Umgegend verzweifelt nach einem Kondomautomaten gesucht, keinen gefunden und zuletzt die Fahrer an einem Taxistand gefragt, ob sie ihm eventuell aushelfen könnten. Einer konnte tatsächlich und überließ ihm sein sogenanntes *Notfallset* für einen Euro, er habe es nun schon zwei Jahre in seiner Hosentasche angewärmt. Sibylle schnarchte leise. Als Holger seine Frau wecken wollte, schlug sie ihm, er nahm an, unabsichtlich, mit dem Handrücken ins Gesicht, und er wagte kaum zu atmen, atmete dann doch, durch die Nase, langsam ein und aus, in ihren reizenden Nacken hinein. Sein Versagen war nicht von der Tafel zu wischen. Aber morgen, morgen würde ein neuer Tag kommen. Mit ganz aberwitzigen Möglichkeiten.

Sarah Stern lag noch lange wach. Sie überlegte an etwas Großem herum, an etwas, das Zeichen setzen würde, das sich in ihrem Kopf festgesetzt hatte, etwas, für das der Begriff ›Wunsch‹ viel zu harmlos klang. Doch um sich die obskure, unheimliche Sehnsucht zu erfüllen, war ein Helfer nötig – und sie kannte niemanden, dem sie sich hätte offenbaren wollen. Ihre Freundin Julia hatte ihr vor zwei Jahren, als sie hin und wieder noch miteinander geplaudert hatten, eine Telefonnummer aufgeschrieben. Aus irgendeinem Grund, wohl vornehmlich dem, eine solche Nummer überhaupt nur zu besitzen, hinter deren unscheinbaren Zahlen sich etwas für ihre Verhältnisse ganz und gar Verruchtes verbarg, hatte Sarah den Zettel nie vernichtet. Es war so einfach. Sie mußte nur dort anrufen und jemanden bestellen, bezahlen, dann würde sie einen Helfer haben. So einfach war es – und dennoch saß Sarah stundenlang vor dem Telefon, regungslos, wie gelähmt vor Furcht.

Vor was genau hab ich denn Angst? – fragte sie sich, führte Selbstgespräche, in denen ihre eine Hälfte der anderen immer wieder bewies, daß es keinen Grund gab, Angst zu haben. Endlich ergriff sie den Apparat, tippte die Nummer ein und hielt die Muschel ans Ohr. Eine Frauenstimme meldete sich und fragte freundlich, wie man ihr zu Diensten sein könne. Stockend, schwer atmend, bat Sarah um Auskunft, ob es die Möglichkeit gebe, sich mit einem Herren auch im Freien zu treffen.

Der Mann sah durch ein Fenster auf die Straße. Sie wirkte leer, frei von Passanten, und auch in den vielen Fenstern gegenüber war kein Gesicht zu erkennen, das sich dafür interessierte, was hier so spät noch vorging. Das Kind schlief. Der Mann, der es auf seinen Armen trug, betrat die Straße und lief rasch einige hundert Meter nach links, in Richtung Viktoriapark. Als er die ersten Büsche erreichte, seufzte er, halb erleichtert, halb traurig, denn er hatte das Kind liebgewonnen. Es auszusetzen fiel ihm schwer. Er legte den wie leblos schlafenden Körper auf eine Parkbank, breitete eine Fleece-Decke über das kleine Geschöpf. Dann dachte er nach und nahm die Decke wieder weg, zuviele verwertbare Spuren konnten sich suhlen in dem Stoff. Die Lufttemperatur lag bei über 12 Grad Celsius. Das Mädchen würde schon nicht gleich erfrieren. Er küßte es auf die Stirn, wischte die Stirn danach sorgfältig mit einem Papiertaschentuch ab. Er ging und kehrte noch einmal zurück, deckte das Kind notdürftig mit alten Zeitungen zu, die neben einer Mülltonne lagen.

»Machs gut, kleine Prinzessin!« Der Mann hatte Tränen in den Augen, als er sich entfernte und, erst im Laufschritt, dann gemächlich gehend, um auch niemandem aufzufallen, in die Monumentenstraße einbog, wo er wohnte.

Johnny erwachte gegen halb fünf, es war, bis auf ein paar zarte erste Fasern der Dämmerung, noch dunkel. Die Kälte hatte sich über seinen Rausch hinweggesetzt. Ihm dröhnte der Kopf. Er ärgerte sich, weil die Euphorie, die ihn eben noch auf ihren Flügeln getragen hatte, verflogen war. Und der rechte Ärmel seines Hemdes roch übel nach Hundekacke. Er zog das Hemd aus, lief zum Bassin des Wasserfalls und versuchte, den Ärmel auszuwaschen. Das machte es nicht besser, das Wasser im Bassin roch faulig, und was da ringsum im Gebüsch raschelte, das konnten Amseln, konnten auch Ratten sein. Er lief den Kreuzberg hinauf, zum Denkmal für die Völkerschlacht, von wo aus er den Sonnenaufgang betrachten wollte. Aber etliche grölende junge Männer hockten dort, um ein kleines Feuer geschart, die rissen derbe Zoten und machten keinen vertrauenerweckenden Eindruck. Johnny wurde neidisch. Er hätte auch gern um ein Feuer gesessen, hätte sich mit Bier zurück in die verflüchtigte Euphorie getrunken. Ihn quälte das Bewußtsein einer Schuld. Er würde seinen Eltern auf irgendeine Weise mitteilen müssen, was aus ihm geworden war. Er würde sie damit verletzen, und ihm war weder hundertprozentig klar, ob er sie ernsthaft verletzen wollte, noch, ob sie sich ernsthaft Sorgen um ihn machten.

Er stieg vom Kreuzberg herab, in westlicher Richtung. An einer Wegbiegung stand ein Mann, der brabbelte etwas vor sich hin. Johnny wollte an ihm vorbei, ohne viel Notiz von ihm zu nehmen, aber der alte Mann, es war ein ziemlich alter Mann, dürr und gebückt, das war jetzt, in immer neuem, stärkerem Licht zu erkennen, deutete mit seiner rechten Hand auf ihn und sagte laut: »Aber der Gerechte kommt um, und niemand ist, der es zu Herzen nehme; und heilige Leute werden aufgerafft, und niemand achtet darauf. Denn die Gerechten werden weggerafft vor dem Unglück, und die richtig vor sich gewandelt haben, kommen zum Frieden und ruhen in ihren Kammern. Und ihr, kommt herzu, ihr Kinder der Tagewählerin, ihr Same des Ehebrechers und der Hure!«

Johnny kamen die dunklen Worte bekannt vor. Er hatte sie zuvor schon gehört. Nein, gelesen. Im Buch der Bücher. Wider den ersten Impuls, fortzulaufen, blieb er stehen. Der Mann trug eine helle Kutte, mit einem schmalen Ledergürtel, und Sandalen, er stützte sich auf einen schmucklosen Stock, und Johnny, am ganzen Körper zitternd, sah, daß es der Prophet Jesaja war.

»An wem wollt ihr nun eure Lust haben? Über wen wollt ihr nun das Maul aufsperren und die Zunge herausrecken? Seid ihr nicht die Kinder der Übertretung und ein falscher Same, die ihr in der Brunst zu den Götzen lauft unter alle grünen Bäume und schlachtet die Kinder an den Bächen, unter den Felsklippen?«

»Entschuldigung«, murmelte Johnny. »Was hätte ich denn tun sollen?«

Jesaja kam einen Schritt näher und schien wie ein Blinder nach seinem Gesprächspartner zu haschen, er berührte Johnny mit zwei Fingern an der Schulter.

»Dein Wesen ist an den glatten Bachsteinen, die sind dein Teil; ihnen schüttest du dein Trankopfer, da du Speisopfer opferst. Sollte ich mich darüber trösten? Du machst dein Lager auf einem hohen, erhabenen Berg und gehst daselbst auch hinauf, zu opfern. Und hinter die Tür und den Pfosten setzest du dein Denkmal. Denn du wendest dich von mir und gehst hinauf und machst dein Lager weit und verbindest dich mit ihnen; du liebst ihr Lager, wo du sie ersiehst.«

Gott selbst sprach aus Jesaja – und Johnny, obgleich er nichts konkret verstand, glaubte doch zu verstehen. Irgendwie verstand er, wovon die Rede war, und erstarrte. Ungeheuerliches ging ja vor.

»Du ziehst mit Öl zum König und machst viel deiner Würze und sendest deine Botschaft in die Ferne und bist erniedrigt bis zur Hölle. Du zerarbeitest dich in der Menge deiner Wege und sprichst nicht: Ich lasse es; sondern weil du Leben findest in deiner Hand, wirst du nicht müde.«

»Ja, das mag so sein. Hast du mich gesucht?« Johnny wußte nicht aus noch ein. Der Mann lachte und schmatzte mit seinen uralten Lippen, er ließ Johnnys Schulter nicht mehr los, krallte seine alten Finger ins Leder von Johnnys Jacke.

»Jesaja sagt: Vor wem bist du so in Sorge und fürchtest dich also, daß du mit Lügen umgehst und denkst an mich nicht und nimmst es nicht zu Herzen? Meinst du, ich werde allewege schweigen, daß du mich so gar nicht fürchtest? Ich will aber deine Gerechtigkeit anzeigen und deine Werke, daß sie dir nichts nütze sein sollen. Wenn du rufen wirst, so laß dir deine Götzenhaufen helfen; aber der Wind wird sie alle wegführen und wie ein Hauch sie wegnehmen. Aber wer auf mich traut, wird das Land erben und meinen heiligen Berg besitzen und wird sagen: Machet Bahn, machet Bahn! Räumet den Weg, hebet die Anstöße aus dem Wege meines Volkes!«

»Amen!« ergänzte Johnny leise und fühlte sich berührt, gesalbt. Angesprochen auf jeden Fall.

»Denn also spricht der Hohe und Erhabene, der ewiglich wohnt, des Name heilig ist: Der ich in der Höhe und im Heiligtum wohne und bei denen, die zerschlagenen und demütigen Geistes sind, auf daß ich erquicke den Geist der Gedemütigten und das Herz der Zerschlagenen. Ich will nicht immerdar hadern und nicht ewiglich zürnen; sondern es soll von meinem Angesicht ein Geist wehen, und ich will Odem machen.«

»Das ist gut, ja. Aber was soll ich nun genau tun?«

Jesaja überlegte kurz, er kicherte, beinahe wie ein seniler Geisteskranker. »Ich will Frucht der Lippen schaffen, die da predigen: Friede, Friede, denen in der Ferne und denen in der Nähe, spricht der HERR, und ich will sie heilen. Aber die Gottlosen sind wie ein ungestümes Meer, das nicht still sein kann und dessen Wellen Kot und Unflat auswerfen. Die Gottlosen haben nicht Frieden, spricht mein Gott. Dein Obolus, mein Freund!«

Der Prophet Jesaja machte eine etwas gierige Geste, und Johnny schob einen Zehn-Euro-Schein in seine weit gespreizten Finger. Jesaja nickte, dann wies er mit einem seiner Finger den Kreuzberg abwärts. »Seid ihr nicht die Kinder der Übertretung und ein falscher Same, die ihr in der Brunst zu den Götzen lauft unter alle grünen Bäume und schlachtet die Kinder an den Bächen, unter den Felsklippen?«

Johnny sagte danke und entfernte sich, mit sehr gemischten Gefühlen. Inzwischen war es, dank der vielen Worte des Propheten, hell geworden, und Johnny hatte keine Kopfschmerzen mehr, er trat ins Licht des neuen Tages, wie in ein Königreich, das ihm zu Ehren erschaffen worden war. Ganz anders, voller Vergebung und Mitgefühl, dachte er nun über seine Eltern. Er, der verstockte Same, war ernsthaft Gefahr gelaufen, banal zu leben, und da, auf einer Parkbank, lag ein Kind, das Kind der Übertretung, geschlachtet an den Bächen, unter den Felsklippen. Johnny weinte, ergriffen vom Anblick des kleinen Mädchens. Er nahm das Kind in seine Arme und stutzte. Das war doch Sonja. Ihm wurde heiß und kalt. Er fühlte den Schatten der Vorsehung über sich hinweggleiten. Sonja, Swentjas Schwester. Er hatte sie nur einmal kurz gesehen, auf dem Spielplatz. Sie schlief, wimmerte im Schlaf – und schien doch am Leben zu sein, nicht geschlachtet, nicht einmal angeritzt. Jesaja hatte ihn zu ihr geführt. Für zehn Euro. Ehre sei Gott in der Höhe. Johnny strich ihr das Haar aus der Stirn, wiegte sie auf seinen Armen, sie schlief so tief und fest. So gerecht. Gleich würde er sie heimbringen. Was bedeutete, er mußte sie die ganze Strecke über tragen. Aber nie in seinem ganzen Leben hatte er etwas ähnlich Bedeutendes unternommen. Nein, nie.

11

Um sieben Uhr morgens wurden Swentja und Mahmud von Lenes Mutter geweckt. Die beiden lagen, eng ineinander verschlungen, auf dem Sofa und zeigten sich über den Rausschmiß nicht eben begeistert. Lenes Mutter aber beharrte darauf, gleich zur Arbeit zu müssen, vorher wollte sie für geordnete Verhältnisse sorgen und die diversen Fremdkörper in ihrem Haushalt ein für allemal loswerden.

»Können wir nicht noch bis Mittag bleiben?« Swentja setzte ihr gewinnendstes Lächeln auf, es half nichts.

»Ihr habt es mir versprochen. Schon vergessen?«

»Okay, okay!« Swentja flüsterte Mahmud ins Ohr, daß er sich bewegen, von dieser bequemen Couch fortbewegen müsse. Er hatte dafür nur ein freches Grinsen übrig, aber weil Lenes genervte Mutter die Couch kurzerhand umstürzte, kullerte Mahmud auf den Boden und sah sich gezwungen, die damit erschaffene Realiät als solche zu akzeptieren.

Johnny trug die schlafende Sonja auf seinen Schultern zur Wohnung der Pfennigs und klingelte. Es war noch recht früh, kurz vor sieben, und beide, Robert und Maschjonka schliefen. Als sie vom dritten Klingeln erwachten und auf den Wecker sahen, wußten sie sofort, daß etwas Ungewöhnliches bevorstand, beide dachten dasselbe, daß draußen die Polizei stand, daß man Sonjas Leiche gefunden hatte. Mascha warf ein Nachthemd über und rannte durch den Flur, riß die Tür auf, ohne sich die Zeit zu nehmen, durch den Spion zu sehen. Draußen stand Johnny, er hielt die tote Sonja in den Armen und bat die Mutter, sie solle sie ihm doch bitte abnehmen, sie werde langsam zu schwer. Maschjonka fiel in Ohnmacht. Robert konnte sie gerade noch auffangen, bevor ihr Kopf auf den Fußboden aufschlug. Er starrte Johnny an. Starrte Sonja an. Warum lächelte Johnny?

Dann endlich begriff Robert, daß seine Tochter lebte, er ließ Mascha fallen und nahm aus den Armen des Jungen seine schlafende Tochter entgegen. Mascha kam nach wenigen Sekunden wieder zu sich. Sie schien verwirrt und weinte und schrie vor Glück, preßte das Kind an sich, riß es aus Roberts Armen, herzte es, küßte es, dann sah sie, mit einem furchterregenden Blick, voller Ekel und Wut, von schräg unten zu dem Jungen hoch. »DU hast sie die ganze Zeit gehabt?«

Robert zückte sein Handy und rief den Kommissar an. Johnny hatte sich ein wenig Dank erwartet, was er nun als weltliche Eitelkeit begriff und bereute. Was ihm aber vorgeworfen wurde, begriff er nicht so schnell. Er wollte gehen und eine Kirche suchen, um beim Schein einer Kerze zu beten und Gott zu danken, aber Robert hielt ihn (»SCHÖN DAGEBLIEBEN!«) am Arm fest, zerrte ihn in die Wohnung, dort drehte er ihm den Arm auf den Rücken und drückte Johnny zu Boden. Robert war kräftig, und Johnny zu gutmütig, um sich zu wehren.

Swentja und Mahmud standen auf der Straße und beratschlagten, was sie jetzt machen sollten. Mahmud überlegte ernsthaft,

Swentja seinem Bruder Faisal vorzustellen, aber so weit langte sein Mut noch nicht. Das mußte erst vorbereitet werden.

»Gehn wir zu mir«, schlug Swentja vor, »meine Alten werden froh sein, mich wieder mal vor die Linse zu bekommen.«

Als sie gegen halb acht an der Wohnung ankamen, stand ein Polizeiwagen davor und die Haustür offen. Eben trat Kommissar Nabel heraus, mit Johnny. In Handschellen.

»Was soll das denn?« fragte Swentja den Kriminaler, der aber ließ sich auf keine Diskussion ein und teilte ihr nur mit, daß ihre Schwester vor einer Stunde wohlbehalten gefunden worden sei.

Plötzlich stand Mascha an der Tür und brüllte, während Johnny auf der Hinterbank des Polizeiwagens Platz nahm, er solle verrecken und sie werde selbst dafür sorgen, wenn sich herausstellte, daß er Sonja etwas angetan habe.

Swentja kapierte nicht. »Was soll Johnny denn damit zu tun haben?«

»Dein übergeschnappter Freund ist es gewesen! Dieser Irre, den DU angeschleppt hast!«

»Johnny? Aber der war doch bei mir, als Sonja verschwand!«

Mascha dachte über den Einwand kurz nach. »Na klar! Er hat dich abgelenkt und einer seiner Kumpels von dieser alttestamentarischen Sekte hat mein Kind verschleppt!«

»Das glaub ich einfach nicht.«

»Weißt du, was dieser Irre behauptet? Er hat nachts auf dem Berg den Propheten Jesaja getroffen, der hat ihn zu Sonja geführt! Such dir nächstens deine Bekanntschaften besser aus!« Mit einem Seitenblick nahm sie Mahmuds Anwesenheit wahr, wie man einen schmutzigen Fleck auf einem Teppich erkennt, zu dessen Reinigung grad keine Zeit ist.

Swentja lief nun ins Innere der Wohnung, um einen Blick auf ihre kleine Schwester zu werfen, die immer noch schlief.

»Man muß ihr ein starkes Betäubungsmittel gegeben haben«, meinte der Notarzt, der sie gerade abhorchte. »Ansonsten ist sie okay.«

»Überall?« fragte Mascha, und ihre sich überschlagende Stimme klang schrill und brüchig.

»Soweit ich auf Anhieb sehen kann, ja.«

Mahmud stand, die Hände in den Hosentaschen, eine Weile vor der Tür und wußte nicht, wohin mit sich. Aber diese Familie hatte gerade keine Verwendung für ihn, soviel stand fest. Er würde erst mal nach Hause fahren und mit Faisal reden, dann frühstücken, dann mit seinen Eltern reden, besser wäre vielleicht, Faisal würde das übernehmen, falls er ihn auf seine Seite ziehen konnte.

»Dieser Kanake da draußen«, sagte Robert derweil im Inneren der Wohnung, »ist das nicht der, mit dem sich Johnny angeblich geprügelt hat, auf dem Spielplatz? Dann steckt er mit Johnny am Ende unter einer Decke! Swentja! Mit was für Gesindel treibst du dich rum!«

Swentja gab ihrem Vater statt einer Antwort eine Ohrfeige.

»So weit ist es mit uns also gekommen?« flüsterte Robert und sah stumm seiner Tochter hinterher, die hinaus ins Freie lief. Ihr Herz klopfte wie wild. Mahmud hatte sich bereits verdrückt.

Vielleicht, dachte Robert jetzt, steckte auch Swentja mit Johnny unter einer Decke, wie der Kanake. Vielleicht hatten sie sich dies alles zu dritt ausgedacht! Bei dem Gedanken wurde ihm schwindlig. Er hielt seine Tochter für verschlagen und verlogen, und als sie vor zwei Jahren ihren Lateinlehrer beschuldigt hatte, sie begrapscht zu haben, hatte sie wahrscheinlich das Blaue vom

Himmel phantasiert. Immerhin war sie durch jene Anschuldigung drum herumgekommen, das Schuljahr wiederholen zu müssen, doch ihre Leistungen waren immer schwächer geworden, sie schien vom Gymnasium überfordert, was gewiß nicht an ihrer Intelligenz lag, nur an ihrer elenden Faulheit.

12

Gegen zehn Uhr stand Ekki auf Minnies Fußabstreifer und bat die Kellnerin um Verzeihung dafür, daß er letzte Nacht so schroff zu ihr gewesen war. Minnie, noch ein wenig schlaftrunken, bat ihn herein, kochte Kaffee und bot an, fertigzubackendes Ciabatta-Brot fertigzubacken, sie habe Käse, Schinken und Aprikosen- wie auch Kiwi-Marmelade. Ekki nahm Minnie in seine Arme und meinte, ob Kiwi oder Aprikose, sei egal, er liebe sie, von ganzem Herzen. Er habe letzte Nacht sein Leben von weit oben betrachtet und für nicht ausgefüllt befunden. Sie, Minnie, sei genau das, was dieses leere Leben ausfüllen könne. Er habe eine zugegeben sehr lange Weile gebraucht, dies einzusehen, aber inzwischen sei ihm die Sache klar geworden, und so stehe er nun hier und gebe sich in ihre Hände.

Minnie fand nach wie vor, daß Ekki ein wenig zu dünn für sie war, zu gescheit und zu eigen. Aber sie pfiff darauf und sagte: Gut, so sei es.

Die wiedererwachte Sonja wurde von einer Kinderpsychologin betreut, die es nicht richtig fand, die Kleine sofort nach den exakten Umständen ihrer Entführung zu befragen. Spielerisch und mit viel Geduld knüpfte sie einen Kontakt zu ihr, mit diversen, extra zu diesem Zweck hergestellten Rollenpuppen. Ein Engel, ein Drache, der Schwarze Mann ohne Gesicht, ein Säugling mit Schnuller im Mund, ein Polizist sowie ein Pinocchio mit angedeuteter Nasenerektion. Als endlich feststand, daß das davongetragene Trauma nicht so schlimm war wie befürchtet, weil Sonja den Umständen entsprechend gut behandelt und nicht im engeren Sinn sexuell mißbraucht worden war, wurde doch mit der Fahndungsarbeit begonnen. Das Mädchen machte keine konkreten Angaben zu ihrem Entführer, nur daß es ein Mann war, ein schon älterer Mann mit rauher, tiefer Stimme. Sie konnte sich auch nicht daran erinnern, wie sie in den Käfig geraten war. Auf dem Spielplatz habe ihr jemand von hinten ein feuchtes Tuch über den Mund gehalten, sie habe erst gedacht, es sei ihre Schwester gewesen. Dann sei sie im Käfig aufgewacht, mit Kopfweh, und habe immer eine Mütze aufsetzen und übers Gesicht ziehen müssen, bevor der Mann ihr zu essen und zu trinken brachte. Er habe ihr auch Puppen zum Spielen gegeben, habe ihr CDs mit Märchen vorgespielt, sei meist recht freundlich gewesen und habe behauptet, sie müsse einige Tage unter der Erde in Sicherheit verbringen, weil auf der Obenwelt ein furchtbarer Donnersturm wüten würde. Er sei ein Engel, drum dürften ihre allzujungen Augen sein Gesicht nicht sehen, um nicht zu erblinden. Ihre Eltern würden sie abholen, sobald der furchtbare Donnersturm sich gelegt hätte.

Schließlich wurde ihr ein Foto von Johnny gezeigt. Ob sie diesen Menschen kennen würde? Sie sagte, der sei auf dem Spielplatz gewesen und habe mit ihrer Schwester Swentja geredet.

Ob es derselbe sein könne, der ihr, als sie im Käfig war, Essen und Trinken gebracht habe? Sonja überlegte einen Moment, dann meinte sie, so sähe doch kein alter Engel aus. Die Fragereien gingen ihr auf die Nerven, und sie war müde.

Johnny besaß kein starkes Alibi. Er sei in einer Kneipe namens Nachtmar unterwegs gewesen, mit einem ihm nicht näher bekannten Araber namens Mahmud, den ein Punk ohne echten Grund vollgepißt habe, danach sei Mahmud verschwunden, und Johnny habe, aber woanders, Bier und Zigaretten gekauft, bevor ihm, spät in der Nacht, der Prophet Jesaja erschien. Der habe zehn Euro von ihm bekommen. Dann habe er, Johnny, durch einen Hinweis des Propheten, das schlafende Kind gefunden und zu seinen Eltern gebracht, auf seinen immer noch schmerzenden Schultern.

Nabel hörte sich das alles an. Eine Kneipe mit Namen Nachtmar gab es immerhin. Er würde sich dort morgen umtun, die Angestellten befragen und so weiter. Vorerst blieb Johnny in Haft. Nabel hatte die Eltern des Jungen darüber informiert, in welchen Schwierigkeiten ihr Sohn steckte. Johnny bestand darauf, jedes Geständnis zu unterschreiben, bliebe ihm nur die Konfrontation mit seinen Eltern erspart. Kommissar Nabel fühlte sich durch dieses Angebot ernsthaft versucht, den Fall abzuschließen, dann überlegte er es sich anders. Und ging noch am frühen Freitagabend zu jener Kneipe, dem Nachtmar, wo man ihm, sehr kooperativ, die Adresse der Kellnerin gab, die gestern hier Dienst gehabt hatte.

Maschjonka und Robert Pfennig diskutierten am späten Nachmittag bereits darüber, ob eine Abtreibung nicht das Vernünftigste sei, jetzt, wo Sonja wieder glücklich zu Hause war. Eigentlich hatte Robert gehofft, seine Frau würde von selbst und mit einiger Selbstverständlichkeit diesen Entschluß treffen; er wollte sie nicht zu etwas überreden, was ihm dann vielleicht jahrzehntelang vorgeworfen werden würde. Drei Kinder seien, murmelte er, eine schon sehr hohe Belastung für den Haushalt. Und der Zeugungsakt habe ja doch unter, nun, sehr eigenartigen Vorzeichen stattgefunden.

Maschjonka meinte, ein Kind sei ein Kind, wie und warum es zustande gekommen sei, spiele keine Rolle, zudem sehe es ja so aus, als würde Swentja bald komplett verludern, von daher gebe es doch Platz, man solle dieses Geschenk der Natur nicht leichtfertig zurückweisen. Vielleicht sei dessen Existenz sogar Gottes verschlungenen Pfaden entsprungen. Robert, im Gegensatz zu seiner Frau ein erklärter und selbstbewußter Atheist, hob mißbilligend die Brauen und tat, als habe er nicht richtig verstanden.

»Du willst sagen, Gott hat eines unsrer Kinder mal eben für ein paar Tage entführen lassen, um uns ein drittes unterzujubeln?«

»Ich will sagen: Wir hätten eben beinahe unser Kind verloren. Und nur, weil wir es nun wiederhaben, wollen wir ein anderes dafür opfern? Was für eine Logik ist das?«

Robert ahnte, daß die Diskussion bereits aussichtsloser war, als er befürchtet hatte.

13

Julia wollte den Sonntag nicht abwarten. Nein, es war unmöglich, sie hielt es nicht mehr aus, rief den Escortservice an und bestellte Vincent für Freitag, 18 Uhr zu sich in die Wohnung. Das war so ungefähr die früheste Uhrzeit, die sie vor sich verantworten konnte, wollte sie nicht das Gefühl haben, ihren Beruf komplett zu vernachlässigen. Es war ohnehin verrückt genug, daß sie sich eines Kerls wegen zu derlei Kapriolen hinreißen ließ. Es war geradezu schwachsinnig, das wußte sie selbst. Vielleicht ging es ja nur ums Prinzip. Julia war nicht die Sorte von Frau, die sich mit Niederlagen abzufinden verstand.

Nabel zeigte seine Dienstmarke und stellte sich vor. Minnie ließ den Kriminaler herein und nötigte ihm selbstgemachten Eistee auf. Sie konnte sich an Johnny erst nicht erinnern, aber da sei gestern abend in der Tat ein junger großmäuliger Araber gewesen, der, mitten im Lokal, von einem Punk angepinkelt worden sei. Doch, jetzt kam ihr Johnnys Gesicht bekannt vor, doch doch. Der sei mit dem Araber da gewesen, habe sich aber eher still verhalten.

Aus Minnies Schlafzimmer kam Ekki und fragte, worum es denn gehe. Nabel sagte, der Junge stehe in Verdacht, mit der Entführung eines Kindes zu tun zu haben.

Ach, sagte Ekki, das sei ja interessant, aber er müsse nun los, und Minnie, deren Schicht um achtzehn Uhr begann, wußte auch nicht recht, wie sie dem Kommissar weiterhelfen konnte.

»Der Junge hat etwas von einem Propheten Jesaja gefaselt, der ihm frühmorgens auf dem Kreuzberg erschienen sei. Fällt Ihnen dazu was ein?«

Ekki schüttelte den Kopf, Minnie aber wußte sofort, wer gemeint war. »Den kennt doch hier jeder«, sagte sie, »son uralter Typ mit Jesuslatschen und Kutte, der wirre Bibelsprüche von sich gibt.« Der komme auch manchmal ins Nachtmar und trinke einen Almdudler aus der Flasche. Mit Strohhalm.

Nabel notierte sich das.

Ekki gab seiner Minnie einen Kuß auf die Stirn und fragte en passant den Kommissar, ob es dem Kind denn gutgehe. Nabel sagte, naja, den Umständen entsprechend.

Er hatte nicht viel herausgefunden, dennoch ließ er per Telefon Johnnys Untersuchungshaft beenden. Er glaubte nicht mehr an die Schuld des Jungen, und die vorhandenen Verdachtsmomente würden vor keinem Richter Bestand haben. Auf dem Revier saßen Johnnys Eltern im Wartezimmer und wollten ihren Sohn sehen. Er konnte ihnen nur mitteilen, daß Johnny das Gebäude bereits verlassen habe.

Es gab Wichtigeres zu tun. In Alt-Mariendorf war es vor einer halben Stunde zu einem Eifersuchtsdrama zwischen jugendlichen Obdachlosen gekommen, mit Geiselnahme und/oder Todesfolge.

Vincent betrat Julia Königs prachtvolle Charlottenburger Wohnung und formulierte sogleich seine Verwunderung darüber, daß er von der Hausherrin erneut herbestellt worden sei, wo seine Leistung beim letzten Mal doch Anlaß zur Unzufriedenheit geliefert habe.

Ob er immer so geschwollen daherrede, fragte ihn die Managerin. Ob er mit diesem Gerede seine fehlende Flexibilität untermauern wolle?

Nein, antwortete Vincent, man könne über alles reden. Bevor man etwas tue, darüber zu reden, sei in den allermeisten Fällen sinnvoll. Er setzte ein gewinnendes Lächeln auf.

»Zum Beispiel habe ich über Ihren speziellen Wunsch nachgedacht, den ich beim letzten Mal nicht erfüllen konnte.«

»Ach? Haben Sie das?«

Vincent nickte. Und entnahm seiner Herrenhandtasche eine kleine Canon-Digitalkamera.

Es sei notwendig, legte er dar, daß eine Kamera mitlaufe und daß sie an sein übliches Honorar eine Null anhänge, dann, dann erst, könne er guten Gewissens seine Prinzipien vergessen und sich ohne Kondom in ihren Mund ergießen.

Julia antwortete, er sei offensichtlich verrückt, es müsse eine Ehre für ihn sein, sich in egal welchen Teil ihres Körpers zu ergießen, er aber entgegnete trocken, das sei nun einmal nicht so. Vincent machte eine wegwerfende Handbewegung. »Wissen Sie, was ich vorhin habe tun müssen?«

»Nein, woher sollte ich?«

»Eine Frau, so eine wie Sie, sone Gutsituierte, eine, sagen wir: *Dame* von etwa vierzig Jahren bittet mich in den Grunewald. Ich soll ne Sonnenbrille tragen und schwarze Kleidung. Wir gehen in ein Gebüsch. Dann soll ich ihr die Augen mit einem samtenen Tuch verbinden, während sie sich auf der Erde hinkniet und unter ihrem Rock an sich rumzuspielen beginnt. An einem Baum lehnt ein Gewehr, das sie vorher da plaziert haben muß. Sie rubbelt also an sich rum, und ich soll hinter ihr stehen, und in dem Augenblick, wenn es ihr kommt, soll ich ihr einen Genickschuß verpassen.«

»Nein!«

»Doch. War natürlich kein scharfes Gewehr, war son Gotcha-Gewehr, mit Farbkugeln drin.«

»Und? Haben Sie das gemacht?«

»Warum nicht? Die Frau hat mir vorher geschworen, daß dabei nichts passieren kann.«

»Und es ist doch etwas passiert?«

»Nein. Naja. Doch! Sie hatte einen Riesenorgasmus. Und hinten gelbe Haare. Und jetzt wohl einen blauen Fleck im Nacken.«

Julia schnalzte empört mit der Zunge. »Darf ich rekapitulieren? Sie finden nichts dabei, einer Frau einen Genickschuß zu verpassen, weigern sich aber, ohne Gummi in meinen Mund zu kommen?«

»Es gibt eben für alles Bedingungen! Meine hab ich Ihnen genannt!«

Swentja stand vor Mahmuds Wohnung und fragte, ob er zu Hause sei. Faisal hatte geöffnet und starrte das Mädchen von oben herab an, ohne irgendeine Frage zu stellen, wiewohl er sofort wußte, daß ihm jene Kreatur gegenüberstand, die seinem Bruder so sehr den Kopf verdreht hatte.

»Was willst du von Mahmud?«

»Ich möchte ihn sprechen. Meine Eltern sind sehr gemein zu ihm gewesen. Ich will das in Ordnung bringen!«

Faisal zögerte. Er sah viel Unheil voraus. Fühlte sich als Beschützer seines Bruders. Aber gerade, weil das Mädchen weder hübsch noch ganz häßlich, weder ganz ernstzunehmen noch zu unterschätzen war, berührten ihn ihre Worte. Mehr, als er es für möglich gehalten hätte.

»Er ist in seinem Zimmer. Versprich mir bitte, daß du ihn nicht ausnutzen wirst. Seine Seele ist frisch und zerbrechlich, weißt du?«

»Versprochen!«

Faisal gab ihr den Weg frei.

Es wäre für Julia König ein leichtes gewesen, Vincents Bedingungen zu erfüllen. Aber der Triumph wäre doch eher seiner gewesen, nicht ihrer.

»Warum die Kamera?«

»Das möchte ich Ihnen lieber nicht sagen. Sie hätten aber nichts zu befürchten. Sie könnten sich irgendwie unkenntlich machen. Nehmen Sie meine Sonnenbrille, oder ziehen Sie sich einen Strumpf übers Gesicht.«

Julia überlegte. Der Kerl trieb sie in den Wahnsinn. Sie wollte ihn so sehr – und er, dieser seltsame, undurchschaubare Mensch, legte immer noch eine Schippe Undurchschaubares drauf. Sie rang mit sich.

Nein. Eine Julia König konnte sich von einem solchen Subjekt keine Bedingungen diktieren lassen. Sie drückte Vincent zwei Hunderter in die Finger, er möge seine Scheißkamera nehmen und das Weite suchen.

»Sind Sie sicher, daß Sie das wollen?«

»Nein, bin ich nicht. Herrgott, was sind Sie für ein Drecksmensch!«

Sie preßte sich an ihn und küßte seine Wangen. Er stand da, wie eine Säule, regungslos, ließ alles, sozusagen, an sich abtropfen. So standen sie eine ganze Weile nebeneinander. Und es gab keine Lösung.

14

Nabel kam gegen 19 Uhr am Tatort an und wurde von seinem Assistenten in groben Zügen informiert. Es müsse eine gewaltsame Auseinandersetzung zwischen zwei Punks gegeben haben. In dem leerstehenden Haus halte sich einer der beiden mit einer Geisel verschanzt. Der Typ heiße wohl Holger, und die Frau, mit der er den Streit gehabt habe, Sibylle, die sitze da am Gehsteig und heule.

Nabel ging zu ihr, reichte ihr die Hand, die sie nicht annahm.

»Was ist passiert?«

»Er ist komplett verrückt! Er sagte, es darf niemand zwischen uns stehen, nie mehr. Er hat sich Chrissie geschnappt und sich da drin eingeschlossen. Ich fürchte, daß er ihr was antun wird!«

»Ist er bewaffnet?«

»Der Kerl IST eine Waffe. Er hat ein Messer, glaub ich.«

»Wie alt ist diese Chrissie?«

»Drei, dreieinhalb. Vielleicht vier. Ich weiß nicht genau.«

Nabel stöhnte leise. Nicht schon wieder ein Kind.

»Sie wissen es nicht genau? Sind Sie mit ihr verwandt?«

Sibylle stutzte, sah den Kriminaler zum ersten Mal an. »Verwandt? Nö.«

»Mit wem ist sie denn verwandt?«

»Weiß ich doch nicht.«

Das Mädchen schien unter Schock zu stehen. Nabel sah, in fünfzig Meter Entfernung, einige andere Punks auf dem Nachbargrundstück sitzen und Bier trinken. Manche schienen gut gelaunt und palaverten. Tiefer Ekel überkam ihn, als er jene Gestalten betrachtete, die die Ruhe weg hatten und sich wohl noch irgendeine Art von Spektakel versprachen.

Zum Kotzen.

In diesem Moment dröhnte aus dem Haus eine Stimme. »DIE BULLEN SOLLEN VERSCHWINDEN!«

Nabel wandte sich an den Einsatzleiter. »Was ist da drin genau geboten?«

»Naja«, erwiderte der noch junge, etwas nervös wirkende Mann, »der Geiselnehmer befindet sich in einem abgetrennten, verschließbaren Raum, die beiden Fenster sind von innen mit Brettern vernagelt. Wir können stürmen oder abwarten. Davonlaufen kann er uns jedenfalls nicht.«

»Haben Sie Scharfschützen angefordert?«

»Wie bitte? Nein. Ich habe hier fünf Leute mit Westen und Helm. Soll ich wegen ein paar besoffener Punks die Pferde scheu machen?«

»Da drin ist eine Vierjährige! Ich kann heute keinen Murks gebrauchen!«

»Wenn Sie die Verantwortung übernehmen, treten wir die Tür ein.« Der Einsatzleiter schien es darauf anzulegen, die Sache zu delegieren. Und wieder dröhnte von drinnen die Stimme:

»ICH KOMME RAUS. STORIA FINITA!«

»Na also«, murmelte der Einsatzleiter und griff nach seiner Pistole. Er und Nabel waren inzwischen in die Ruine eingedrungen und konnten die Tür sehen, hinter der sich der Kidnapper befinden mußte. Schon schwang, mit einem dumpfen Knall, die entriegelte Tür auf. Heraus trat ein bis auf die Unterhose nackter junger Mann. Er hielt die Arme in die Luft und wurde binnen Sekunden überwältigt. Nabel hörte Schritte hinter sich und schnellte herum.

Sibylle war es irgendwie gelungen, ins Haus hinein- und an den Beamten vorbeizurennen. Mehrere Teelichte brannten in dem Raum, in dem sich der Halbnackte verschanzt hatte, und Sibylle rief: »Chrissie! Chrissie!«, aber bis auf die Teelichte war der Raum kahl und leer, ganz und gar leer.

»Da ist überhaupt kein Kind«, stellte der Einsatzleiter verwundert fest, während Holger, der sich nicht wehrte, auf dem Steinboden verhandschellt wurde. Sibylle griff sich eines der Teelichte und suchte den Raum ab, fand erst nichts, dann, in einem Winkel, einige Tropfen Blut. Sie schrie.

Nabel wunderte sich nur noch. Irgendwas war hier faul, aber die Hysterie der jungen Punkerin schien echt.

»Er muß sie getötet haben!« rief das Mädchen und raufte sich die Haare.

»Und wo bitte ist die Leiche?« Nabel leuchtete den Raum mit einer starken Taschenlampe aus. Da war nichts. Nichts. Sibylle deutete auf Holger und flüsterte, er müsse Chrissie *gegessen* haben. Das sei die einzige Möglichkeit. Der Rest der Punkertruppe hatte inzwischen die Verwirrung genutzt und war an den herumstehenden Beamten vorbei ins Haus gelaufen.

»Er hat Chrissie gegessen! Hat sie aufgegessen!«

Die Punks starrten den auf dem Bauch liegenden Holger an.

Der hob den Kopf und grinste, leckte sich die Mundwinkel. Die Punks lachten und applaudierten. Nur das Mädchen mit Namen Sibylle vergoß unentwegt Tränen und mußte von den Beamten zurückgehalten werden, weil sie sich auf Holger stürzen und ihn verprügeln wollte. Nabel begriff nichts mehr. Wenigstens, daß ihm ein paar mißratene Jugendliche den Feierabend verdorben hatten, ahnte er langsam. Er gab Anweisung, die ganze Bagage mit aufs Revier zu nehmen und über Nacht dazubehalten. Jener Holger und jene Sibylle sollten – gegen alle Vorschriften – in ein und derselben Ausnüchterungszelle nächtigen. Er übernahm dafür die alleinige Verantwortung.

15

Thomas Stern war auf dem Nachhauseweg. Er wollte am Freitagabend mit seiner Frau eine gute Flasche Rioja trinken, Eis mit frischen Erdbeeren und Schlagsahne essen und eine nette Schnulze auf DVD gucken. Jetzt, da die Episode Carla wohl für immer vorbei war, konnte er ruhig mehr Zeit zu Hause verbringen. Wenigstens für Sarah, die von ihm in letzter Zeit wenig gehabt hatte, sollte noch etwas Positives herausspringen. Er schloß auf – und in der Wohnung ging das Licht aus. Sonderbar.

Die Wohnung lag in stiller Dunkelheit – aber eben noch, so schien es ihm wenigstens, hatte irgendwo Licht gebrannt, sonst wäre ihm die Dunkelheit doch auch, als er durch den Garten lief, aufgefallen. Oder? Er suchte den Lichtschalter der Diele, fand ihn. Stern erstarrte.

Etwa vier Meter vor ihm stand Sarah in einer Art Trainingsanzug und hielt eine Waffe in der Hand. Schlimmer: Sie zielte mit der Waffe auf ihn und grinste dazu. Instinktiv hob Stern beide Hände vors Gesicht. Sarah lachte laut, sie hatte sich Mut angetrunken. Mehr, als unbedingt nötig gewesen wäre.

»Was fuchtelst du mit dem Gewehr herum? Tu das weg!«

»Das ist meins. Mit dem schieß ich. Viermal die Woche! Guck. So!« Sie drückte ab. Weil Sarah hinter ihrer aufgesetzten Fröhlichkeit sehr nervös war, ging der Schuß um eine Handbreit daneben, und auf dem großen Garderobenspiegel hinter Thomas entstand mit klatschendem Geräusch ein eidottergelber Fleck.

Carla betrat den Club. Heute legte ein DJ auf, es wurde getanzt, zu Techno und Trance. Sie gab ihren Mantel an der Garderobe ab, trug drunter nur ein schwarzes Negligé und einen Tanga, dazu Highheels. Es war ein gutes Gefühl, zu wissen, daß sie haben konnte, wen immer sie wollte. Alle würden vor ihr auf die Knie gehen. Und das würde noch ein paar Jahre so sein.

»Und das Blut?«

»War meins. Hab mir in' Finger geritzt.«

»Und wo is Chrissie jetzt?«

»Aufm Dachboden. Haste echt geglaubt, ich hätt ne rohe Ratte gegessen?«

»Warum machste sonen Scheiß?«

»Keine Ahnung. Ich hab sone Stimme im Kopf, die sagt, ich soll das tun und dann das, dann tu ich das halt.«

»Du wirst den Polizeieinsatz abbezahlen müssen. Wegen groben Unfugs!«

»Nee. Die Stimme sagt, ich muß mir wegen nix Sorgen machen. Wir werden glücklich leben und immer jung sein und Spaß haben. Grad sagt die Stimme, daß du mich gleich ranläßt und mir alles verzeihst und mich liebst, schon weil wir hier ja sonst nichts Gescheites unternehmen können heut nacht.«

»Spinnst du?« Stern machte große Augen, er begriff beim besten Willen nicht, was da vorging. Seine Frau mußte für die versteckte Kamera tätig sein, irgend so etwas.

»Das hättest du nicht von mir geglaubt, nicht?« Sarah kicherte vergnügt und setzte sich ihre Drahthaube auf. In diesem Moment klingelte es. Thomas bemerkte, daß sein Büroanzug einen gelben Spritzer abbekommen hatte, am linken Ärmel, und wurde wütend. Unsicher, wie er reagieren sollte, machte er einige zapplige Bewegungen, suchte einen Lappen, eine Bürste, dann erinnerte er sich des Klingelns. Wer klingelte um diese Uhrzeit? Das mußte das Fernsehteam der versteckten Kamera sein, er unterdrückte seine Wut, darum bemüht, eine gute Figur abzugeben, die auch minderwertigen Humor verstand und auf alle Zumutungen souverän reagierte.

Dr. Stern öffnete die Tür. Draußen stand Ümal Nurbekoglu mit einer Pistole, und Carla sagte im selben Moment »Machs mir!« zu wem ganz anderen. So ist das Leben, so ist es gut, dachte ein glücklicher Mann – und drang in Carla ein.

»Na, du alter Furz? Wie fühlste dich jetzt?« Ümal zielte mit der aufgebohrten Schreckschußpistole auf das Gesicht des Hausherrn und grinste breit. Plötzlich sah er aus dem Hintergrund jemanden herankommen, der eine Art Helm trug und ein Gewehr im Anschlag hielt, ein massives schwarzes Sturmgewehr.

Ümal hörte in seinem Kopf eine Stimme, die ihm dringend riet, sich zu verpissen. Denn kein Lebewesen, nicht einmal eine Ratte, müsse für dieses Mal geopfert werden. Ümal packte das blanke Entsetzen, er taumelte rückwärts durch die Haustür, doch dann, während er die Straße hinunterrannte, spürte er weder Wut noch Enttäuschung, im Gegenteil. Er konnte es sich nicht erklären. Ihm war, als berühre gerade der Finger einer bedingungslosen, umfassenden Liebe alle Dinge, Tiere und Menschen dieser Welt.